父《とう》さんのことば

パトリシア·マクラクラン作

若林千鶴訳

石田享子絵

目次《もくじ》

登場人物《とうじょうじんぶつ》

フィン　フィオナの弟。小学1年生くらい

フィオナ
小学5年生。フィンの姉

エマ
シェルターの保護犬。中型・茶色の短い毛。メス

ジェニー
シェルターの保護犬。プードル。メス

マーサ
保護犬シェルターの責任者

ルーク
となりの家の息子。フィオナと同じ5年生

トーマス
デクランの元患者。青年

デクラン・オブライエン
フィオナとフィンの父親。精神科医

クレア　フィオナとフィンの母親

第《だい》1章《しょう》　ほ・ん・し・つ

わたしの父《とう》さん、デクラン・オブライエンはみんなに愛《あい》されている精神科《せいしんか》医《い》だ。今《いま》、歌《うた》をうたいながら朝《あさ》ごはんのオムレツを作《つく》ってくれている。父《とう》さんは「精神科医《せいしんかい》」とよばれるのは好《す》きじゃない。「心理学者《しんりがくしゃ》」のほうが好《す》きみたい。でも、わたしが精神科医《せいしんかい》といってもべつに気《き》にしない。

「診察中《しんさつちゅう》におしゃべりってするの?」とたずねたことがある。

父《とう》さんはほほえんだ。

「するときもあれば、したり、しなかったりだね」

父《とう》さんはいった。

どういうことなのかよくわからないけど、いつか父《とう》さんのことばがわかる日《ひ》が来《く》るかもしれない。

父《とう》さんの好《す》きな歌《うた》はきまっている。オムレツを焼《や》くとき、ハイキングのとき、バスケットボールをするときうたうのは、『ドナ・ノービス・パーチェム』だ。

♪　ドナ・ノービス・パーチェム　パーチェム
ドナ・ノービス・パーチェム　♪

父《とう》さんの声《こえ》はいい声《こえ》で、音程《おんてい》も正確《せいかく》だ。

父《とう》さんが焼《や》くオムレツはとろとろ。いつも柔《やわ》らかすぎるので、弟《おとうと》のフィンとわたしが、もう少《すこ》し卵《たまご》がかたまるまでフライパンにもどしていることを父《とう》さんは知《し》っている。一度《いちど》なんか、フィンがおもしろがって、カチカチになったオムレツをフリスビーみたいに裏庭《うらにわ》に飛《と》ばしたこともある。

「パッシブ・アグレッシブでしょう？」

前《まえ》に、心理学《しんりがく》で使《つか》うと教《おし》えてもらったことばを、父《とう》さんにいってみる。※

父《とう》さんはわたしたちの好《この》みどおりにオムレツを作《つく》れるのに、そうしない。これがパッシブ・アグレッシブだって、わかっている。

父《とう》さんがへえっ！　という顔《かお》をした。わたしはにっこりしてから首《くび》をふる。

「これが卵《たまご》のほんしつ・・・・なのさ、フィオナ」

父《とう》さんはわたしをじっと見《み》つめた。

「父《とう》さんはね、とろっとろのオムレツで大《おお》きくなったんだよ」

フィンがいう。

「どうして知《し》ってるの?」

わたしは聞《き》いた。

「父《とう》さんが話《はな》してくれたんだ。ぼくが聞《き》いたから」

「どういう意味《いみ》? ほんしつって?」

わたしは父《とう》さんに聞《き》いた。

父《とう》さんの携帯電話《けいたいでんわ》が鳴《な》った。トラブル発生《はっせい》だ。

卵《たまご》のほんしつについての返事《へんじ》を父《とう》さんから聞《き》いていない。そのときも、それからあとも。

父《とう》さんは携帯電話《けいたいでんわ》をおき、上着《うわぎ》をはおった。

「緊急事態《きんきゅうじたい》だ」

父《とう》さんがいそいでいう。

「母《かあ》さんが帰《かえ》ってきたらそう伝《つた》えて、フィオナ。母《かあ》さんは授業中《じゅぎょうちゅう》だから」

母《かあ》さんはなんだかよくわからない学位《がくい》をとる勉強《べんきょう》をしている。哲学《てつがく》とダンスと幼稚園《ようちえん》の子《こ》ども向《む》けの毛糸人形《けいとにんぎょう》を作《つく》るのをまぜあわせたみたいな。勉強《べんきょう》はもう二年《にねん》ほどつづいていて、父《とう》さんは母《かあ》さんの予定《よてい》にあわせて患者《かんじゃ》さんを診《み》るようにしている。

前《まえ》に、フィンと父《とう》さんとわたしが家《いえ》の前《まえ》でバスケットボールをしていたとき、わたしは母《かあ》さんが勉強《べんきょう》している幼児《ようじ》のことをからかったことがある。

「子《こ》どもは子《こ》どもでしょ」

わたしはいった。

父《とう》さんはわらわなかった。父《とう》さんの顔《かお》は真剣《しんけん》だったし、わたしにはそれがわかった。

わたしの手《て》からバスケットボールを取《と》って、父《とう》さんがいった。

「わたしたちは、子《こ》どもから大人《おとな》以上《いじょう》にたくさん学《まな》ぶことがあるんだよ。子《こ》どもの心《こころ》はオープンで、偏見《へんけん》がないからね。母《かあ》さんはそのことがわかっているんだ」

父《とう》さんは完《かん》ぺきなジャンプシュートをして、ボールをバスケットゴールに入《い》れた。

「ナイス・シュート！　もうすぐ母《かあ》さんとおなじくらい、うまいジャンプシュートができるようになるぞ」

父《とう》さんはうれしそうにいった。

父《とう》さんのいうとおりだ。小《ちい》さな子《こ》どもたちを見《み》かけると、父《とう》さんのことばを思《おも》い出《だ》す。子《こ》どもたちは賢《かしこ》い。でも、自分《じぶん》たちがどれだけ賢《かしこ》いのか気《き》づいていない。自分《じぶん》たちがわかっていることをうまくことばにできないこともある。

父《とう》さんはバタバタと車《くるま》に乗《の》り込《こ》み、車道《しゃどう》に出《で》ていく。いそいでクリニックに行《い》く途中《とちゅう》、父《とう》さんはボールを追《お》いかけて道《みち》に飛《と》びだしてきた子《こ》どもをよけようとして、トラックと衝突《しょうとつ》した。


電話《でんわ》がかかってきたときには、父《とう》さんは亡《な》くなっていた。

「オブライエンさんですか、ご主人《しゅじん》が事故《じこ》で亡《な》くなりました」

わたしを母《かあ》さんだと思《おも》いこんだお医者《いしゃ》さんが、わたしにいった。なぜだか、電話《でんわ》のスピーカーがオンになっていて、フィンもわたしとおなじことを聞《き》いてしまった。

フィンを守《まも》ってあげられなかった。

「オブライエンさん?」

お医者《いしゃ》さんがやさしくいう。もっとくわしく説明《せつめい》されたが、とても聞《き》けなかった。

わたしはのろのろと受話器《じゅわき》をおいた。

フィンの顔《かお》はひどく青《あお》い。涙《なみだ》がほおを伝《つた》いはじめた。

わたしは自分《じぶん》がなにをやっているのか、どうしてそうしているのかもわからないまま、白《しろ》いお皿《さら》を二枚《にまい》出《だ》した。

冷《さ》めたオムレツをお皿《さら》にのせて、テーブルにおいた。

父《とう》さんが作《つく》ってくれた、とろっとろすぎるオムレツをふたりで食《た》べはじめた。フィンもわたしも話《はな》さない。ふたりでもくもくと食《た》べた。

今《いま》、わたしたちができる、たったひとつのことに思《おも》えた。

わからないけど、これが卵《たまご》のほんしつなのかもしれない。

母《かあ》さんがドアから入《はい》ってきたけれど、ほんとうにそっと入《はい》ってきたので、すぐ隣《とな》りにすわるまで気《き》がつかなかった。母《かあ》さんのジャケットがイスの上《うえ》でシュッと音《おと》をたてた。父《とう》さんがバスケットで完《かん》ぺきなゴールシュートを決《き》めたときのことばを思《おも》い出《だ》す。ナイス・シュート！

「わたしの携帯《けいたい》にも病院《びょういん》から電話《でんわ》がかかってきたわ。あなたたちに話《はな》したあとに」

母《かあ》さんが静《しず》かにいった。

母《かあ》さんはフィンとおなじように青白《あおじろ》くやつれた顔《かお》をして、まるで体中《からだじゅう》の空《くう》気《き》がぬけたみたいにぺしゃんこに見《み》えた。部屋《へや》の中《なか》に母《かあ》さんがいるのにしーんとしているなんて、へんだ。いつだって母《かあ》さんのわらい声《ごえ》があったから。父《とう》さんはにこにこわらうけど、母《かあ》さんは声《こえ》をたててわらうのだ。

テーブルの向《む》こうで、フィンが背《せ》すじをのばした。

「父《とう》さんは、ボールを追《お》いかけて車道《しゃどう》に飛《と》びだしてきた子《こ》どもをよけようと、急《きゅう》ハンドルを切《き》ったんだ」

フィンがそういったので、わたしたちは驚《おどろ》いた。あの電話《でんわ》がかかってきてから、はじめてフィンが口《くち》を開《ひら》いた。

「だれもそのことは話《はな》してくれなかった。そうね、あの人《ひと》ならしそうなことだわ」

母《かあ》さんが小《ちい》さな声《こえ》でいった。

「どうして、その子《こ》のお母《かあ》さんは、ボールを追《お》いかけて飛《と》びだす子《こ》どもをほっておいたの？」

フィンの声《こえ》が大《おお》きくなる。

「どうして、そのお母《かあ》さんはあなたたちをこんな目《め》にあわせたのかしら……？」

フィンのことばをくりかえすように、母《かあ》さんがいった。

母《かあ》さんがわたしたちのお皿《さら》を見《み》た。

「父《とう》さんのとろとろオムレツを食《た》べていたのね」

そういうと、母《かあ》さんは声《こえ》をあげて泣《な》きだした。

フィンとわたしが母《かあ》さんに抱《だ》きつくと、母《かあ》さんはわたしとフィンのふたりをぎゅっと抱《だ》きしめてくれた。また大《おお》きくて強《つよ》い、わたしたちの母《かあ》さんにもどったみたい。

第《だい》2章《しょう》　ヒーロー

父《とう》さんは「葬儀《そうぎ》は不要《ふよう》」と、遺言《ゆいごん》ノートに書《か》いていた。「パーティーを開《ひら》いて！」と手書《てが》きでそえてあった。あと、「ケーキを食《た》べて、シャンパンを飲《の》んで、バスケットボールをしてほしい！」とも。

「ぼくもシャンパン、飲《の》んでいい？」

フィンが聞《き》いた。

「だめ」

母《かあ》さんがいう。

母《かあ》さんは少《すこ》し笑《え》みを浮《う》かべた。いつか、また声《こえ》をたててわらう日《ひ》がくるかな……。

「じゃあ、ケーキを食《た》べて、バスケットボールはしていいね」

フィンがいう。

「ええ。バスケットボールはいいわね」

母《かあ》さんがいう。

母《かあ》さんは昔《むかし》のことを思《おも》い出《だ》すような目《め》をした。きっと、父《とう》さんとふたりしてわいわいと競《きそ》いあったバスケットボールゲームのことを思《おも》っているのだろう。なんだかどぎまぎした。

父《とう》さんと母《かあ》さんが「どけ、クレア！」とか、「こっちよ、デク！」とか、大声《おおごえ》を出《だ》してバスケットをしていると、時々《ときどき》お隣《とな》りのデュークさんとデイジーさん、それに息子《むすこ》のルークが見《み》に出《で》てきた。ルークはわたしとおなじ五年《ごねん》生《せい》だ。

母《かあ》さんはいつだってスリーポイントシュートを決《き》めた。デュークさんはバスケ観戦《かんせん》を楽《たの》しむ人《ひと》で、プレイに加《くわ》わるのは好《す》きじゃなかった。デイジーさんは、よろこんでゲームに参加《さんか》した。母《かあ》さんに教《おそ》わったのだ。デイジーさんは、一度《いちど》リングを見《み》ないでセンターラインからものすごいシュートを決《き》めたことがある。デュークさんはありえないと首《くび》を横《よこ》にふった。

父《とう》さんのためのパーティーは、笑《わら》いあり涙《なみだ》ありで、うれしさと悲《かな》しさの入《い》り混《ま》じったいろんな気持《きも》ちでいっぱいのお別《わか》れ会《かい》になった。フィンとわたしは、そのことにとまどっていた。おじいちゃん、おばあちゃんは病気《びょうき》だったし遠《とお》くに住《す》んでいるから、来《こ》られなかった。母《かあ》さんは毎日《まいにち》おじいちゃんとおばあちゃんに電話《でんわ》をかけて話《はなし》をしていた。

いとこやおじさんやおばさんたちは来《き》てくれた。それから友《とも》だちも。

父《とう》さんの弟《おとうと》のコナーおじさんは、父《とう》さんみたいに接《せっ》してくれる。

だけど、父《とう》さんじゃない……。

お隣《となり》のルークはデイジーさんとデュークさんと一緒《いっしょ》にやってきた。

ルークはフィンとわたしの間《あいだ》に、

だまってすわった。ふだんもルークはそんなにおしゃべりじゃない。そういうところが好《す》きだ。

「ここにいるからね」

ルークが一言《ひとこと》いった。

「うん、ありがとう」

フィンがルークのほうへからだをよせる。

わたしたちはただすわっていた。

いろんな人《ひと》が来《き》ては帰《かえ》っていった。パーティーの終《お》わりごろ、玄関《げんかん》のベルが鳴《な》った。

「見《み》てきてくれる？」

母《かあ》さんがわたしに声《こえ》をかけた。

玄関《げんかん》に行《い》くと、戸口《とぐち》に若《わか》い男《おとこ》の人《ひと》が立《た》っていた。

見《み》たことのある人《ひと》だ。

「こんばんは、フィオナ」

男《おとこ》の人《ひと》がおだやかにいった。

「おじゃましないけど、ご家族《かぞく》におくやみのカードを持《も》ってきたんだ」

声《こえ》を聞《き》いて、わたしが小《ちい》さなころにうちに来《き》たことのある人《ひと》だと思《おも》い出《だ》した。


トーマスさんがうちにやってきて、母《かあ》さんにあいさつしたとき、わたしは四歳《よんさい》だった。トーマスさんは敷物《しきもの》とごみ箱《ばこ》とギターを持《も》っていた。

「やっかいになりに来《き》ました」

トーマスさんはいう。

母《かあ》さんはほほえんでいる。

「夫《おっと》をよぶわね」

母《かあ》さんがいう。

父《とう》さんがやってくるまで、トーマスさんはギターをひいてくれた。父《とう》さんはトーマスさんがもう一度《いちど》自分《じぶん》の家《いえ》にもどれるようにしてあげた。そして荷《に》物《もつ》を車《くるま》にもどすのを手伝《てつだ》った。

「ギターは、もうおわっちゃうの？」

わたしは悲《かな》しくて、声《こえ》をあげて泣《な》きだした。

父《とう》さんはわたしを抱《だ》きしめてくれた。

「トーマスは、またギターを持《も》って、来《き》てくれるよ」

トーマスさんは父《とう》さんのお気《き》にいりの患者《かんじゃ》さんだった。

「トーマスさん？」

「おぼえてるんだね」

トーマスさんはにっこりすると、カードを手《て》わたしてくれた。

「オブライエン先生《せんせい》は、ぼくのヒーローだった。そのことをカードに書《か》いたんだ」

トーマスさんは向《む》きを変《か》えて、玄関《げんかん》をおりていく。心臓《しんぞう》がドキドキしてきた。

「わたしにとっても、ヒーローだったわ」

わたしはいった。

トーマスさんは、ちょっとわたしを見《み》つめた。

「きみのお父《とう》さんがどんなにすばらしい人《ひと》だったか、たくさん話《はな》してあげられるよ。聞《き》きたいかい？」

父《とう》さんがすばらしいのは、じゅうぶんわかっていた。いくら父《とう》さんのお気《き》にいりの患者《かんじゃ》さんだからといって、頭《あたま》のおかしな人《ひと》から教《おし》えてもらうことなんてあるんだろうか？


こんなことをかんがえていると、はっとした。

父《とう》さんに一度《いちど》だけ、「頭《あたま》のおかしな人《ひと》」ということばを使《つか》ったことがある。それから二度《にど》と使《つか》っていない。あのとき父《とう》さんはわたしをイスにすわらせて、人間《にんげん》にとってなによりも大切《たいせつ》なことについて話《はな》してくれた。

「思《おも》いやりのある人《ひと》になるんだ。ほんとうの意味《いみ》で賢《かしこ》い人《ひと》にね、フィオナ」

父《とう》さんはわたしの手《て》を取《と》っていったので、おこってはいないとわかった。

「やさしい人《ひと》になるんだよ」

父《とう》さんがここにいて、ものすごく真剣《しんけん》な目《め》でわたしを見《み》ている気《き》がした。

父《とう》さんは、トーマスさんに親切《しんせつ》にしていたのを思《おも》い出《だ》した。

「はい、聞《き》きたいです」

なんとか返事《へんじ》をした。

「週《しゅう》に一度《いちど》だけ、二分間《にふんかん》、電話《でんわ》するよ。無理《むり》にじゃない。二分間《にふんかん》だけ」

トーマスさんが指《ゆび》を二本《にほん》立《た》てて見《み》せる。

わたしはうなずいた。

「曜日《ようび》と時間《じかん》は、いつがいい？」

「月曜日《げつようび》の夕方《ゆうがた》、六時五〇分なら。夕食当番《ゆうしょくとうばん》の日《ひ》なんです」

トーマスさんはうなずく。

「父《とう》さんは気《き》にすると思《おも》いますか？」

わたしは聞《き》いた。

「いいや。オブライエン先生《せんせい》は気《き》にしないよ」
そういうと、トーマスさんは帰《かえ》っていった。
こうして毎週月曜日《まいしゅうげつようび》の六時五〇分に、トーマスさんと話《はな》すことになった。
トーマスさんが通《とお》りを歩《ある》いていく。
封筒《ふうとう》を開《あ》けた。
なかに、たたんだカードが入《はい》っていた。
トーマスさんは二《ふた》つ書《か》いていた。

オブライエン先生《せんせい》は、ぼくのヒーローだった。
真実《しんじつ》はドアの向《む》こう側《がわ》にあると、よく教《おし》えてくれた。

トーマス

ずいぶん長《なが》い間《あいだ》、忘《わす》れていたことを思《おも》い出《だ》した。わたしが五歳《ごさい》のころのことだ。

「なにがほんとうで、なにがほんとうじゃないの?」

わたしは父《とう》さんに聞《き》いた。

父《とう》さんがわたしをじっと見《み》つめる。

「窓《まど》を開《あ》けてごらん、そしたらきっとわかるよ」

父《とう》さんがいう。

「どの窓《まど》?」

父《とう》さんはわたしの頭《あたま》をとんとんと指《ゆび》でたたいた。

「心《こころ》の窓《まど》だよ」

父《とう》さんがいう。

通《とお》りを見《み》たときには、トーマスさんはもういなかった。もう一度《いちど》、カードのことばを読《よ》む。

トーマスさんは頭《あたま》のおかしな人《ひと》じゃなかった。

ほんのちょっとかわっているだけ。

ため息《いき》が出《で》た。

わたしたちとおなじだ。

「バスケットボールをして!」

父《とう》さんの手書《てが》きメモがいっている。

夜《よ》ふけの暗《くら》やみのなか、わたしたちは家《いえ》の前《まえ》でバスケットボールをした。

だれも話《はなし》をしなかった。母《かあ》さんはよそいきの靴《くつ》を脱《ぬ》いではだしでプレイした。

わたしがパスをして、フィンがジャンプシュートしたけど失敗《しっぱい》。リングにあたったボールを母《かあ》さんが取《と》って、完《かん》ぺきなジャンプシュートをきめた。

お隣《となり》りのデュークさんが、ゲームを見《み》に庭《にわ》に出《で》てきた。

とっさにわたしは、デュークさんにパスしてしまった。バスケはしないのに。だけどデュークさんは、芝生《しばふ》の庭《にわ》からびっくりするようなことをした。深呼吸《しんこきゅう》して、完《かん》ぺきなフォームでロングシュートを放《はな》った。ボールは弧《こ》を描《えが》いてリングの真《ま》ん中《なか》へ。ナイス・シュート！

みんな、ふり返《かえ》ってデュークさんを見《み》た。

「夜《よる》、デクランに教《おし》えてもらっていた」

デュークさんはぽつんといった。

「何日《なんにち》も何日《なんにち》も」

月明《つきあ》かりのなかで、デュークさんのほおに涙《なみだ》が見《み》えた。

第《だい》3章《しょう》　ことば

昼《ひる》はゆっくりと過《す》ぎていく。夜《よる》もだ。

夜《よる》には、フィンをベッドに寝《ね》かせてから母《かあ》さんは自分《じぶん》の部屋《へや》で勉強《べんきょう》する。

そして毎晩《まいばん》、フィンはわたしの部屋《へや》にかけ布団《ぶとん》を引《ひ》きずりながらやってきて、わたしの横《よこ》で眠《ねむ》る。

眠《ねむ》りながら泣《な》いているときもある。

フィンの気持《きも》ちを楽《らく》にしてあげるのは、もつれた毛糸《けいと》をほどくみたいにむずかしい。

父《とう》さんならなんとかしてくれるのに。だけど、その父《とう》さんこそが問題《もんだい》なんだ。

母《かあ》さんはずっと前《まえ》は家《いえ》にいてくれた。勉強《べんきょう》を始《はじ》めてからは忙《いそが》しかったけど、父《とう》さんのことがあってまた家《いえ》にいようとしてくれている。母《かあ》さんはわたしたちをテーブルにつかせた。

「来年《らいねん》まで勉強《べんきょう》は延期《えんき》するわ——授業《じゅぎょう》と論文《ろんぶん》を書《か》くのを。そしたら、あなたたちと一緒《いっしょ》にいられる。今年《ことし》の夏《なつ》は一緒《いっしょ》にいましょう」

フィンはなにもいわなかった。わたしを見《み》つめた。

「夏《なつ》の間《あいだ》、わたしが家《いえ》にいるよ」

わたしはいった。

その声《こえ》はどこか遠《とお》くて、自分《じぶん》が話《はな》しているのじゃないみたい。

「フィオナが、ぼくの面倒《めんどう》を見《み》てくれるって」

すぐにフィンがいった。

母《かあ》さんはわたしたちのおでこにキスした。

「みんなでやってみましょう」

母《かあ》さんがいった。

こうしてわたしはこの夏《なつ》、フィンのお母《かあ》さん役《やく》をすることになった。

料理当番《りょうりとうばん》の夜《よる》だった。ルークがキッチンの網戸《あみど》を開《あ》けて入《はい》ってきて、テーブルについた。

「うまそうなミートボールだね」

ルークがほめてくれる。

「まぁね。わたしはミートボール・クイーンだもの。とうぜんよ」

油《あぶら》をひいたフライパンに丸《まる》めたミートボールを入《い》れた。

「いいたいのはそれだけ？」

わたしはルークに聞《き》いた。

「そうだよ」

ルークはいった。

「フィンはどこ？」

わたしは首《くび》をふった。

「二階《にかい》で悲《かな》しんでいる」

そういったとたん、わたしの目《め》にも涙《なみだ》があふれてきた。

思《おも》いがけないときに涙《なみだ》が出《で》てくる。

ルークはうなずいた。向《む》きをかえると二階《にかい》に上《あ》がっていき、フィンの部屋《へや》のドアをノックした。

しばらくして、ルークがもどってきた。

ルークはなにもいわなかった。父《とう》さんがしたみたいに、わたしの頭《あたま》をとんとんとたたく。ミートボールをかきまぜていて顔《かお》を上《あ》げると、ルークはもういなかった。

電話《でんわ》が鳴《な》った。時計《とけい》を見《み》る。六時五〇分だ。忘《わす》れていた。

電話《でんわ》がまた鳴《な》った。

「もしもし」

「もしもし、フィオナ。今《いま》いいかい？」

「はい」

「元気《げんき》かい？」

「元気《げんき》だけど、ひとりぼっちみたいに感《かん》じるの」

「ぼくも、オブライエン先生《せんせい》にそういったことがある。『ひとりぼっちになりたくない！』って。先生《せんせい》はいったよ。『だけど、トーマス。きみはいつだって、ひとりなんだよ』って」

少《すこ》しの間《あいだ》かんがえた。

「いちばん悲《かな》しがっていて、ひとりぼっちなのはフィンよ。あの子《こ》、なにも話《はな》さないの」

「ぼくも先生《せんせい》に『あんまり話《はな》さないんですね』って、いったことがある。そしたら、こういったよ。『話《はな》すことがなければ、話《はな》さないよ』って」

ルークのことを思《おも》った。ちょっと父《とう》さんと似《に》ている。口数《くちかず》は少《すく》ないけど、ルークのことばには意味《いみ》がある。

そして今《いま》、フィンは話《はな》さない。

「フィンはなにをいいたいのかまだわかってないんだ。きっとフィンが助《たす》けられるような、だれかさみしい存在《そんざい》を見《み》つけてあげるといいんだよ」

「どんな？」

「きみならわかるさ」

トーマスさんはいう。

「どんなことだっていいんだ、きっときみもおなじだよ」

わたしはだまっていた。

「フィオナ？」

「はい？」

「来週《らいしゅう》また電話《でんわ》するよ」

「さよなら、トーマスさん」

「さよなら、フィオナ」

受話器《じゅわき》をおいた。

紙切《かみき》れにメモを書《か》いた。

フィンの助《たす》けになるものを見《み》つけること

振《ふ》り返《かえ》ると、フィンがテーブルにすわっていた。

「父《とう》さんの車《くるま》の前《まえ》に、子《こ》どもを飛《と》びださせた女《おんな》の人《ひと》がゆるせないよ」

フィンがはっきりといった。

「ぜったいにゆるせない」

フィンの横《よこ》にすわって、抱《だ》きしめた。

「フィンを助《たす》けてくれるものを一緒《いっしょ》に見《み》つけようね。それが、わたしのこと

も助《たす》けてくれるはずなんだ」

わたしはいった。

「どんなもの?」

「わかんない。でも、見《み》つかるよ、きっと。フィン」

青白《あおじろ》い顔《かお》をしたフィンはわたしの肩《かた》に頭《あたま》をよせて、ささやくようにいった。

「うん、お姉《ねえ》ちゃん」


夕食《ゆうしょく》がすむと、フィンはベッドに入《はい》り、母《かあ》さんは勉強部屋《べんきょうべや》に行《い》った。わたしはカウンターをフキンでふいてきれいにして、食器《しょっき》をかたづけた。

キッチンの網戸《あみど》が開《あ》いてピシャリと閉《し》まる音《おと》がした。びっくりして、とびあがった。

「フィオナ！　フィンの助《たす》けになるものを見《み》つけたよ！」

「ルークなの？　もう外《そと》は真《ま》っ暗《くら》じゃない」

「わかってる。カウンターの上《うえ》にフィオナが書《か》いたメモがあったからさ。ここに来《き》たとき、だれもキッチンにいなかったんだ」

ルークがチラシをかかげた。

「郵便局《ゆうびんきょく》で見《み》つけたんだ！」

読《よ》んでくれた。

「ボランティア募集《ぼしゅう》。捨《す》てられた犬《いぬ》と時間《じかん》を過《す》ごしてくれる人。犬《いぬ》たちは友《とも》だちを欲《ほ》しがっています。犬《いぬ》は子《こ》どもが大好《だいす》きです。あなたのことをきっと好《す》きになります。本《ほん》を読《よ》んであげたり、話《はな》しかけてやってください。好《す》きなだけ、犬《いぬ》たちと過《す》ごしてください」

変化《へんか》のための、ルークからのとってもたくさんのことば……。

「三《さん》ブロック向《む》こうのドッグシェルターだ！　あそこなら、みんなで歩《ある》いていける！」

「みんなって？」

ルークは肩《かた》をすくめた。

「メモ読《よ》んじゃった。行間《ぎょうかん》もね。フィオナのお父《とう》さんは、口《くち》に出《だ》さない部分《ぶぶん》によく大事《だいじ》なことが書《か》かれているって、いっていた。行間《ぎょうかん》のことだよね」

わたしはじっとルークを見《み》つめた。

こんなにたくさん、ルークが話《はな》すのを聞《き》いたのははじめてだ。

ルークが帰《かえ》ってから、フィンのためのなにかを見《み》つけてくれたんだと気《き》がついた。

そしてわたしには、たくさんのことばをおいていってくれた。

もう寝《ね》ようと二階《にかい》の部屋《へや》に上《あ》がって、フィンの部屋《へや》をのぞいた。デスクランプがついていた。フィンは眠《ねむ》っている。明《あ》かりを消《け》そうとして、机《つくえ》の上《うえ》にたたんだ紙《かみ》がたくさん散《ち》らばっているのに気《き》がついた。一枚《いちまい》開《ひら》いた。そしてもう一枚《いちまい》。

どれも、フィンにあてたルークからの手紙《てがみ》だった。

フィンへ
来週《らいしゅう》、つりに行《い》こう。
フィンのぶんのさおもあるよ。
ルーク

ほかのは読《よ》まなかった。フィンあての手紙《てがみ》だから。

明《あ》かりはつけたままにした。手紙《てがみ》もそのままにしておいた。

ルークはわたしにことばを残《のこ》してくれただけじゃなかった。フィンにもちゃんと残《のこ》してくれていた。

第《だい》4章《しょう》　エマ

朝起《あさお》きたら、母《かあ》さんはもう授業《じゅぎょう》に出《で》かけていた。ルークが台所《だいどころ》でシリアルを食《た》べている。フィンは隣《とな》りに腰《こし》かけて、ジャムトーストを食《た》べている。

「引《ひ》っ越《こ》してきたの？」

「まあね、ドッグシェルターに連絡《れんらく》しておいたよ、今日《きょう》ボランティアに行《い》き

ますって。フィンにも話《はな》した」

ルークがこたえる。

「本《ほん》を持《も》っていくよ、ぼく。犬《いぬ》たちに読《よ》んでやるんだけど……」

フィンがいった。

フィンには聞《き》きたいことがあるみたい。

「本《ほん》は楽《たの》しいかな？」

フィンがルークに聞《き》いた。

ルークがすばやくわたしのほうを見《み》た。

「楽《たの》しいかどうかはなぁ、フィン。だけど、悲《かな》しんでいる犬《いぬ》たちは、よろこぶだろうね」

フィンはうなずいた。

ルークのいったことばは、父《とう》さんにいわれているみたい。

フィンが、積《つ》みあげた本《ほん》の一番上《ばんうえ》の一冊《さつ》を開《ひら》いた。

「『かえでがおか農場《のうじょう》のいちねん』※は気《き》にいってくれるかな？」

フィンが聞《き》いた。

ずっと昔《むかし》、父《とう》さんがフィンの誕生日《たんじょうび》にプレゼントした本《ほん》だ。フィンのお気《き》にいり。季節《きせつ》が変《か》わっていくようすや、動物《どうぶつ》たちの暮《く》らしぶりが大好《だいす》きなのだ。

わたしはどう返事《へんじ》をしていいかわからなかった。

だけど、ルークがこたえてくれた。

「もちろんさ。でも犬《いぬ》たちはフインのことをもっと好《す》きになるよ。本《ほん》をバッグに入《い》れて、すぐに出《で》かけないと」

フィンが二階《にかい》にかけ上《あ》がっていく。

「わたし、朝《あさ》ごはんまだよ」

ルークは、フィンのジャムトーストの残《のこ》りをわたしてくれた。ルークを横《よこ》目《め》で見《み》て、フィンに書《か》いてくれた手紙《てがみ》のことをいおうとした。でも、いわなかった。

あのことばはふたりのものだ。

ドッグシェルターのドアを開《あ》けたとたん、大《おお》はしゃぎの犬《いぬ》たちに取《と》り囲《かこ》まれた。小《ちい》さな犬《いぬ》がなでてもらおうと走《はし》ってきた。上品《じょうひん》なプードルがカウンターの向《む》こうからこちらを見《み》ている。

女《おんな》の人《ひと》がいった。

「いらっしゃい！　わたしはマーサよ。ここにいる元気《げんき》いっぱいの子《こ》たちは、飼《か》い主《ぬし》がバカンスの間《あいだ》だけあずかっているの。みんな家族《かぞく》に会《あ》いたがっているけど、たいしたことないわ！　わたしたちは、犬《いぬ》たちの一時《いちじ》あずかりと救《きゅう》助《じょ》保《ほ》護《ご》活動《かつどう》をしているのよ」

プードルがカウンターの向《む》こうからフィンのほうへ歩《ある》いてくる。フィンがにっこりする。

「あらっ、ジェニーはあなたが好《す》きみたいね。ジェニーは、おとなしくてちょっとのんびりした保護犬《ほごいぬ》よ。一度施設《いちどしせつ》を脱走《だっそう》したんだけどね。この子《こ》、だれにでもなつくというわけじゃないの。きっとあなたは犬《いぬ》の世話《せわ》がじょうずになるわ」

マーサさんがドアを開《あ》けてくれて、わたしたちは奥《おく》の静《しず》かな部屋《へや》に入《はい》った。

「保護犬《ほごいぬ》の部屋《へや》にいる犬《いぬ》たちは、もう帰《かえ》る家《いえ》がないの」

子《こ》どもがふたり、クッションにすわって、ケージの中《なか》の犬《いぬ》に本《ほん》を読《よ》んでやったり話《はな》しかけたりしている。

「ミンディに本《ほん》を読《よ》んでいるのがペニーで、マルコ相手《あいて》にお話《はなし》をしているのはジョーよ」

マーサさんはいった。

自分《じぶん》の名前《なまえ》を聞《き》いて、マルコは顔《かお》を上《あ》げ、しっぽをふった。

ペニーのやさしい声《こえ》が聞《き》こえてくる。

おおきな　みどりのおへやのなかに

でんわと

あかい　ふうせんと

えの　がく

それは　めうしが　おつきさまを　とびこす　え※

何匹《なんびき》かの犬《いぬ》が、わたしたちを見《み》にやってきた。

ケージには、やわらかいベッドがあって、水《みず》の入《はい》ったボウルやエサ用《よう》の皿《さら》、ぬいぐるみに骨《ほね》の形《かたち》をしたガムなんかもおいてある。

「こっちがベティ。すっかり人《ひと》なつっこくなったわ。それからビリー」

「どの犬《いぬ》も人《ひと》なつっこいんですか？」

ルークが聞《き》いた。

「だいたいはね。犬《いぬ》の仲間《なかま》づくりや散歩《さんぽ》するのに、みんなを一緒《いっしょ》にするときがあるわ。だけど、どれだけやっても、うちとけてくれない子《こ》もいるの」

フィンが、あるケージの正面《しょうめん》においてあるクッションにすわった。

「この子《こ》は？」

フィンがいった。

ケージの中《なか》には、中型《ちゅうがた》で短《みじか》い毛《け》の茶色《ちゃいろ》の犬《いぬ》がいた。その子《こ》は、わたしたちにおしりを向《む》けてじっと壁《かべ》を見《み》つめていた。

マーサさんはわたしたちを見《み》て、肩《かた》をすくめた。

「その子《こ》はエマっていうの。飼《か》い主《ぬし》が亡《な》くなって、親《しん》せきの人《ひと》がここに連《つ》れてきたの。遠《とお》くに住《す》んでいて世話《せわ》ができないんですって。エマは、ずっと壁《かべ》のほうを向《む》いたまま。エマの飼《か》い主《ぬし》は音楽家《おんがくか》で、町《まち》のどこかで教《おし》えていたそうよ。わたしが知《し》っているのは、それだけ」

「エマにするよ」

フィンがいった。

わたしはマーサさんの腕《うで》にふれて、小《ちい》さな声《こえ》でいった。

「フィンの父《とう》さん、わたしたちの父《ちち》も、先日《せんじつ》亡《な》くなったんです」

マーサさんはうなずいた。

「きっと、エマの気持《きも》ちがわかるのね。弟《おとうと》さんのお名前《なまえ》は？」

マーサさんがいった。

「フィンです」

「フィン、わたしたちは事務所《じむしょ》に行《い》って手続《てつづ》きをしてくるわ。みんないなくなったら、エマもいい子《こ》になるかもね」

フィンはうなずいて、やさしい声《こえ》で本《ほん》を読《よ》みはじめた。

これは、いちねんかんの　のうじょうの　くらしや、
どうぶつたちのことを　かいた　ほんです。

どうぶつたちは　いちねんなんて　しりません。
でも　きせつのことは、よく　しっています。
どうぶつたちは、いつ　さむくなるか　しっていて、

ちゃんと　あついオーバーを　からだに　つけています。

部屋《へや》を出《で》るとき、ほかの犬《いぬ》たちがケージの前《まえ》の方《ほう》にきて、すわったり寝《ね》そべったりしながらフィンの声《こえ》を聞《き》いているのを見《み》た。ペニーかジョーの声《こえ》かもしれない。

昔《むかし》あるところに、働《はたら》いている黒《くろ》い犬《いぬ》——きみ、みたいなね——がいました。犬《いぬ》は、毎晩夜《まいばんよる》になると家中《いえじゅう》の人《ひと》をベッドに集《あつ》めました——お父《とう》さん、お母《かあ》さん、子《こ》どもたちに猫《ねこ》。そしてみんながベッドで眠《ねむ》っているあいだ、家中《いえじゅう》のくずかごを空《から》っぽにして、紙《かみ》くずを床《ゆか》にまき散《ち》らしました。家《いえ》の人《ひと》たちが、朝《あさ》、目《め》をさましたときの贈《おく》りものにするのです。

事務所《じむしょ》の中《なか》は、スタッフや犬《いぬ》たちでごった返《がえ》していたけど、わたしたちは週《しゅう》に四日《よっか》のボランティアの書類《しょるい》にサインした。

マーサさんが、わたしの名前《なまえ》を見《み》た。

「デクラン・オブライエン先生《せんせい》の娘《むすめ》さんなの？」

「はい」

マーサさんはふうっと息《いき》をはいて、カウンターにもたれた。

「本当《ほんとう》にお気《き》の毒《どく》だったわね。とってもすばらしい方《かた》だった。わたしと息子《むすこ》も助《たす》けていただいたのよ」

「ありがとうございます」

マーサさんがリードをわたしてくれた。

「フィンを待《ま》っている間《あいだ》に、ジェニーを散歩《さんぽ》に連《つ》れていってくれない？」

「はい、よろこんで」

「あなたはチャーを連《つ》れていって、元気《げんき》な女《おんな》の子《こ》よ」

そういってマーサさんはルークにべつのリードをわたした。

わたしとルークはドアを出《で》て、芝生《しばふ》を横切《よこぎ》る。

「フィオナのお父《とう》さんは、どこにだっているんだね」

ルークがいった。

「ほんとね」

「悪《わる》くいう人《ひと》はだれもいないよ」

わたしはわっと泣《な》きだした。ジェニーが気《き》づいて、やさしく鼻《はな》を押《お》しつけてくる。

チャーが、ぴょんぴょんとジャンプしながらルークの脚《あし》のまわりでなんどもじゃれつくので、ルークはその度《たび》にリードをはずしてつなぎなおした。

わたしたちがだまって歩《ある》いていると、ジェニーがなんどもわたしの顔《かお》を見《み》上《あ》げた。

散歩《さんぽ》を終《お》えてドアを開《あ》けると、マーサさんが手招《てまね》きする。

「ペニーとジョーは帰《かえ》ったの。今《いま》、フィンだけよ」

保護犬《ほごいぬ》のいる部屋《へや》のドアが開《あ》いていて、スタッフがふたり立《た》っている。

フィンはクッションの上《うえ》であぐらをかいてすわり、本《ほん》を読《よ》んでいる。

犬《いぬ》は、言葉《ことば》をしゃべります。
でも、詩人《しじん》と
子《こ》どもたちにしか
聞《き》こえません。※

フィンは少《すこ》し間《ま》をおいて、ページをめくった。

ぼくたちが出会《であ》った日《ひ》

その男《おとこ》の子《こ》を見《み》つけたのは、夕暮《ゆうぐ》れどきだった。

激《はげ》しい吹雪《ふぶき》のなか、すぐにでも暗《くら》くなってしまいそうなころ。

横《よこ》なぐりに吹《ふ》きつける雪《ゆき》のせいで、男《おとこ》の子《こ》の姿《すがた》はぼんやりとしか見《み》えなかった。その子《こ》は、凍《こお》りついた湖《みずうみ》の岸《きし》に立《た》って震《ふる》えていた。


マーサさんが指《ゆび》さした。エマがケージの真《ま》ん中《なか》あたりまで来《き》ていて、フィンを見《み》つめて静《しず》かにすわっている。フィンのことばを聞《き》いている。

「こんなこと、はじめて。エマがここに来《き》てから、こんなことなかったわ」

マーサさんが小声《こごえ》でいう。

フィンとエマのじゃまをしないように、ドアは開《あ》けたままにしておいた。
「ぜんぜん、なかったわ」
マーサさんがもう一度《いちど》いった。
待《ま》っているとようやく、フィンが部屋《へや》から出《で》てきて、本《ほん》をバッグにしまった。
「エマ、ぼくの本《ほん》が気《き》にいったよ！
明日《あす》も来《き》ていい？
ここならひとりで来《こ》られるよ」
フィンが聞《き》く。

「もちろん！　いつだって、大歓迎《だいかんげい》よ」

マーサさんがとてもうれしそうにこたえる。

「うん、そうする」

フィンがいう。

「あのね、あなたの本《ほん》を何冊《なんさつ》か貸《か》してもらえない？　わたしたちもエマに読《よ》んでみたいから」

フィンがわたしのほうを見《み》た。

「本《ほん》が、もっといるね！」

そういったフィンの声《こえ》は、ひさしぶりに明《あか》るかった。

第《だい》5章《しょう》　おたがいさま

母《かあ》さんが授業《じゅぎょう》からもどってきて、テーブルの上《うえ》に教科書《きょうかしょ》をドサッとおいた。
わたしはにっとわらった。
「女子学生《じょしがくせい》が帰《かえ》ってきた」
わたしはいった。

「フィオナがお母《かあ》さんみたいね」

母《かあ》さんがいう。

「そうよ」

母《かあ》さんはテーブルについた。

「母《かあ》さん、話《はなし》があるの」

「わたしもよ。あら、なにをいうのか忘《わす》れちゃった。お先《さき》にどうぞ」

「トーマスさんっていう、頭《あたま》のおかしい人《ひと》が一週間《いっしゅうかん》に二分《にふん》だけ電話《でんわ》をしてくることになった」

わたしはいった。

「話《はな》そうとしたのは、まさにそのことよ。トーマスはわたしにも電話《でんわ》をかけてきて、かまわないか聞《き》いた。ぶしつけなことをしたくなかったのね」

母《かあ》さんがいった。

「トーマスさんは、失礼《しつれい》なことはしないわ」

わたしはいった。

「ええ、しない。だから、トーマスのことを頭《あたま》のおかしい人《ひと》っていわないで」

母《かあ》さんがいった。

「頭《あたま》のおかしい人《ひと》っていったのは、ただの説明《せつめい》よ」

わたしがいった。

「トーマスに使《つか》わないで」

母《かあ》さんはきっぱりといった。

「トーマスとは長《なが》いつきあいよ。トーマスの両親《りょうしん》は、親《おや》としての自覚《じかく》が全然《ぜんぜん》ない人《ひと》たちなの。自分《じぶん》たちの度《ど》の過《す》ぎた期待《きたい》を押《お》しつけて、そのあげく失望《しつぼう》ばかりしていた。トーマスはひとりっ子《こ》だったの」

「ひどいわ」

「そう。父《とう》さんの前《まえ》では、患者《かんじゃ》さんのことを頭《あたま》のおかしい人《ひと》なんて呼《よ》ばなかったでしょ？」

「一度《いちど》だけ」

わたしはいった。

「それから二度《にど》と使《つか》ってない」

「わたしにも二度《にど》と使《つか》わないで。わかった？」

わたしはうなずいた。フィンがキッチンに入《はい》ってきた。

「クレア！　今日《きょう》はドッグシェルターで、かわいそうな犬《いぬ》に本《ほん》を読《よ》んでやった。ぼく、じょうずなんだよ」

母《かあ》さんはにっこりした。フィンは母《かあ》さんのことを、ファーストネームでよんで、試《ため》しているのだ。

「エマのために、もっと本《ほん》を用意《ようい》しなくちゃ」

郵便はがき

176-0000

東京都練馬区小竹町二ー三三ー二四ー一〇四

株式会社

リーブル

行

おそれいりますが
切手を
おはりください。

ーブルの本をご愛読くださいまして
ありがとうございます。

・後の本づくりの参考にさせていただきたく，お手数ですが，
ご意見・ご感想をぜひおきかせください。

名

前 (男・女 才)

所

事

めの書店名 (県 市・町)

本をお知りになったのは？

書店 2.知人の紹介 3.紹介記事 4.図書館
その他 ( )

見・ご感想をお願いいたします。

ご協力ありがとうございました。

フィンがいう。

「『うさぎさん　てつだって　ほしいの』※はどうかしら？　わたしのお気《き》にいりなんだけど」

母《かあ》さんはいった。

「いいね、犬《いぬ》を幸《しあわ》せにするのは最高《さいこう》だね！」

大《おお》きな声《こえ》でいいながら、フィンが二階《にかい》に上《あ》がっていく。

「息子《むすこ》を幸《しあわ》せにするのも、最高《さいこう》よ！」

母《かあ》さんはだれにいうともなくいった。母《かあ》さんはどこか遠《とお》くを見《み》ている。

わたしなんて、ここにいないみたいだ。

へいき。

わたしだって、ものおもいにふけることがあるもの……。

「新《あたら》しい本《ほん》、持《も》ってきたよ」

シェルターのドアを開《あ》けると同時《どうじ》に、フィンがマーサさんにいった。

「それ、知《し》っているわ」

マーサさんがいった。

「『うさぎさん　てつだって　ほしいの』だよ。エマにも、本《ほん》を読《よ》んでやった?」

本《ほん》をふってみせながら、フィンが聞《き》いた。

「ええ、やってみたわ。だけど、エマは『男《おとこ》の子《こ》はどこ?』って、いうみたいにこっちに顔《かお》を向《む》けただけ」

「ほら男《おとこ》の子《こ》が来《き》たよ、エマ!」

フィンが声《こえ》をかけた。

「やぁ、ジョー、こんにちは、ペニー」

フィンがあいさつしながら、保護犬《ほごいぬ》の部屋《へや》へ入《はい》っていった。

「わたし、ジェニーの散歩《さんぽ》に行《い》ってきます」

自分《じぶん》の名前《なまえ》が聞《き》こえると、ジェニーがこっちにやってきた。マーサさんの足元《あしもと》には元気《げんき》に飛《と》びはねている小《ちい》さな犬《いぬ》がいた。

マーサさんはルークにリードをわたした。

「ルルを外《そと》で少《すこ》し散歩《さんぽ》させて、おとなしくさせてやってくれる？」

「りょうかい。ルル、おすわり」

ルークが返事《へんじ》をして、ルルに声《こえ》をかけた。

ルルはすわった。

マーサさんがにっこりした。

「シェルターの運営《うんえい》は、子《こ》どもがするべきね」

マーサさんがいった。

「犬《いぬ》たちは、もうすっかりその気《き》だな」

ルークがいうと、マーサさんはわらった。

「わたし、ジェニーとの散歩《さんぽ》が好《す》きなんです。楽《たの》しいときも落《お》ち込《こ》んでいるときも、一緒《いっしょ》にいてくれるんです」

わたしはいった。

マーサさんがほほえんだ。

「ええ、ジェニーは、人《ひと》の心《こころ》がなんとなくわかるの。あの子《こ》は、自分《じぶん》を受《う》け入《い》れる人《ひと》みんなを幸《しあわ》せにしてくれる。もちろん、ジェニーが選《えら》んだ人《ひと》のことだけど」

マーサさんがわたしをじっと見《み》つめる。

「わたしたちは、犬《いぬ》には人間《にんげん》が必要《ひつよう》だとわかっている。でも人間《にんげん》だって犬《いぬ》が必要《ひつよう》なときがあるの。人間《にんげん》がどれだけいい人《ひと》になれるか、示《しめ》すためにね。おたがいさまよ」

マーサさんはつけくわえた。

わたしはフィンとエマのことを思《おも》った――たがいに頼《たよ》りにしあっている。ジェニーと外《そと》に出《で》て、ルークとルルを見《み》つけたとき、マーサさんの車《くるま》のバンパーにはってあるステッカーが見《み》えた。

ルークに指《ゆび》さして教《おし》えた。

犬《いぬ》の信頼《しんらい》を裏切《うらぎ》っちゃだめ！

月曜日《げつようび》の夜《よる》。ミートボールの夜《よる》。ミートボールをほめてくれるルークはいなかった。父《とう》さんみたいな話《はな》しかたをするルークは、ここにいなかった。ルークは、両親《りょうしん》と一緒《いっしょ》に夕食《ゆうしょく》に出《で》かけていた。フィンは二階《にかい》にいる。部屋《へや》のドアを開《あ》けっ放《ぱな》しにしてハミングしていた。

ほんとうにハミングしている……。

電話《でんわ》が鳴《な》った。わたしはミートボールのフライパンの火《ひ》を小《ちい》さくした。

「もしもし？」

「こんばんは、フィオナ」

「トーマスさん、あやまりたいことがあるんです」

「なに？」

「わたし、トーマスさんのことを頭《あたま》のおかしい人《ひと》って、前《まえ》はよんでいたの」

トーマスさんはわらった。

「それで、ぼくはもうなおったの？」

トーマスさんがわらっているのを聞《き》いたおぼえがなかった。これまで電話《でんわ》ではわらってない。小《ちい》さいころ、トーマスさんがうちにやってきたときもわらい声《ごえ》のおぼえがない。

「ぼくもおなじだよ、自分《じぶん》でもそうよんでいた」

「そんなこといわないで。母《かあ》さんがいっていた。それは間違《まちが》っているし、父《とう》さんもよろこばないって」

「ぼくも告白《こくはく》するよ。きみのお母《かあ》さんに電話《でんわ》をして、この電話《でんわ》の許可《きょか》を頼《たの》んだ」

「知《し》ってます」

「きみのお母《かあ》さんはいい人《ひと》だね。昔《むかし》、助《たす》けを求《もと》めてきみの家《いえ》に行《い》ったとき、弟《おとうと》くんが泣《な》きだしたんだ。ぼくのせいかもしれないと思《おも》ったよ。それで、いった。『だれのことも嫌《いや》な気持《きも》ちにさせないようなところに、連《つ》れていってください』と。そしたらね、きみのお父《とう》さんが来《き》て送《おく》ってくれるまでの間《あいだ》、診察室《しんさつしつ》に連《つ》れていってくれた。お母《かあ》さんは、ずっとやさしくしてくれた」

どんなことでもわたしよりもよく知《し》っている母《かあ》さんのことを思《おも》った。自分《じぶん》たちの生活《せいかつ》をよくしてくれることばかり望《のぞ》んだトーマスさんの両親《りょうしん》のことも。

「フィオナ？」

「はい？」

「また来週電話《らいしゅうでんわ》するよ」

「さよなら、トーマスさん」

「さよなら、フィオナ」

電話《でんわ》を切《き》るのがおしかった。トーマスさんにエマとフィンのことを話《はな》していなかった。トーマスさんがペットを飼《か》っているか聞《き》けなかった。

マーサさんのことばが頭《あたま》に残《のこ》っている。

――人間《にんげん》だって犬《いぬ》が必要《ひつよう》なときがある。人間《にんげん》がどれだけいい人《ひと》になれるか、示《しめ》すために――。

第《だい》6章《しょう》　いつだって太陽《たいよう》は輝《かがや》いている

いつものようにルークが朝《あさ》、キッチンに入《はい》ってきたとき、わたしはひとりだった。

「ひとり?」

驚《おどろ》いたようにルークはいった。

「うん、わたしだけ。母《かあ》さんは授業《じゅぎょう》。フィンはまだ寝《ね》てる」

ルークに聞《き》きたいことがある。

「ねぇ、ひとつ質問《しつもん》があるんだけど？」

「朝《あさ》っぱらから？」

ルークはそういって、にっこりした。

「ルークはひとりっ子《こ》よね。両親《りょうしん》はルークのことを、完《かん》ぺきな子《こ》どもにしたいと思《おも》ってない？」

ルークは大《おお》わらいした。

「うちの父《とう》さんと母《かあ》さんだよ、フィオナ。あのふたりが、ぼくにそんなことを求《もと》めるって本気《ほんき》で思《おも》ってる？」

ルークのいうとおりだ。デュークさんは体《からだ》が大《おお》きく、見《み》た目《め》はがっしりしたレスラーだが、やさしく甘《あま》いことばで愛《あい》や人生《じんせい》について書《か》いている作家《さっか》だ。

いっぽうデイジーさんは生物学者《せいぶつがくしゃ》。ヘビについてのゾッとするような興味深《きょうみぶか》い事実《じじつ》や、カラスの意外《いがい》な行動《こうどう》、それにリャマの消化習慣《しょうかしゅうかん》を研究《けんきゅう》している。

「ルークのいうとおりだね。ふたりとも、子《こ》どもに頼《たよ》らなくたって幸《しあわ》せだわ」

「どうして、こんな質問《しつもん》するわけ?」

少《すこ》しかんがえた。

「あのね、ずっと前《まえ》から知《し》っている父《とう》さんの患者《かんじゃ》さんが、週《しゅう》に一回電話《いっかいでんわ》で父《とう》さんのことを話《はな》してくれるの」

ルークがうなずいた。

「六時五〇分、だよね? 毎週月曜日《まいしゅうげつようび》の」

わたしは口《くち》をポカンと開《あ》けた。ルークったら、なんでも知《し》っているの?

「前《まえ》に夕方《ゆうがた》キッチンに入《はい》ってきたら、きみが電話中《でんわちゅう》で……ぼくは……」

「行間《ぎょうかん》を読《よ》んだ!」

ふたり同時《どうじ》にいった。

ふたりともだまった。

「トーマスさんの両親《りょうしん》はひとり息子《むすこ》に自分《じぶん》たちのひどい人生《じんせい》をなんとかしてもらおうとしたのね。なにもかも」

わたしはいった。

「それで、トーマスさんはつらい思《おも》いをしたまま大人《おとな》になったんだ」

「わたしとかルークの両親《りょうしん》みたいな人《ひと》が、トーマスさんの親《おや》だったらよかったのにね」

わたしはいいながら、父《とう》さんが急《きゅう》にいなくなったさみしさを感《かん》じた。

「だけどトーマスさんは、ある意味《いみ》で、フィオナのお父《とう》さんを連《つ》れもどしてくれたよね。うちの父《とう》さんが、前《まえ》に父親《ちちおや》とはどういうものかっていう詩《し》を書《か》いてくれたんだ。最後《さいご》の一行《いちぎょう》はこう終《お》わってたよ。『だからわたしは、決《けっ》して消《き》えることのないともし火《び》』」

わたしはルークをまじまじと見《み》つめた。

「泣《な》いたりしないよね？」

ルークが聞《き》いた。

わたしは頭《あたま》をふった。

「泣《な》かないわ」

もう一度《いちど》、頭《あたま》をふる。

「どうしたの？」

ルークが聞《き》く。

「わたしたち、フィンのために明《あ》かりをともしつづけなきゃね」

わたしはそっといった。

「ぼくらみんなで、だよ、フィオナ。きみも。そして、エマもそうしてくれる」

ルークは父《とう》さんとおなじまなざしで、わたしをじっと見《み》た。

「わからないけどさ。フィンのための明《あ》かりをともす手助《てだす》けをしてくれるだれかが、あらわれるかもしれないよ」

「ルークったら、父《とう》さんみたいなことをいうのね」

ルークはうなずいた。

「もう、泣《な》いてもいいよ、フィオナ」

わたしは泣《な》いた。


「エマにね、いいものを持《も》ってきたんだ」

ドッグシェルターに向《む》かって歩《ある》きながら、フィンがいった。

「新《あたら》しい本《ほん》?」

ルークが聞《き》くと、フィンがこたえた。

「ううん、音楽《おんがく》だよ。マーサさんがエマの元《もと》の飼《か》い主《ぬし》は音楽家《おんがくか》だったって。きっと演奏《えんそう》していたんだ。エマも音楽《おんがく》が聞《き》きたいんじゃないかな?」

「どうしてそんなことわかったの?」

わたしは聞《き》いた。

「マーサさんと話《はな》したんだよ。そして聞《き》いた」

フィンがいった。

フィンの頭《あたま》の向《む》こうからルークがほほえんでいる。

「エマはきっと音楽《おんがく》が好《す》きよ。わたしだって、小《ちい》さいころ父《とう》さんと母《かあ》さんがうたってくれたのを、おぼえているもの」

わたしはいった。

フィンが声《こえ》をたててわらった。

フィンとルークはわたしをおいて歩《ある》いていく。わたしは立《た》ち止《ど》まったままフィンをじっと見《み》つめた。フィンはもう長《なが》い間《あいだ》わらってなかった。フィンのわらい声《ごえ》も忘《わす》れていた。

「どうしたの？」

フィンがふり返《かえ》っていった。

「なにをわらったの？」

わたしはフィンに聞《き》いた。

「だって母《かあ》さんはうたわないよ。音《おと》をはずすからって、ぜったいに人前《ひとまえ》ではうたわないでしょ。フィオナのかんちがいだよ」

フィンのいうとおりだ。うたってくれたのは父《とう》さんだ。バスケットボールをしたとき、父《とう》さんはうたった。

そして、とろとろのオムレツを作《つく》ってくれるときも、父《とう》さんはうたった。

わたしはまた歩《ある》きはじめた。フィンと手《て》をつないで、ドッグシェルターに歩《ある》いていった。

どうしてわたしより、フィンのほうがよくおぼえているんだろう？

「今《いま》は忘《わす》れているほうが、フィオナにとってはいいのかもしれないよ」

ルークがいった。

わたし、声《こえ》に出《だ》していたんだ……。

そしてルークは、いつもとおなじように、わたしに返事《へんじ》をしてくれる。

ドッグシェルターは騒《さわ》がしかったが、フィンは保護犬《ほごいぬ》の部屋《へや》に姿《すがた》を消《け》した。

「ペニーが詩《し》を読《よ》んでくれてるの」

マーサさんがいった。

わたしは耳《みみ》をすました。

め牛《うし》が
やってくる
草地《くさち》をよこぎって
ずんずんとやってくる
山《やま》みたいに
こっちへむかって

それからジョーは『かいじゅうたちのいるところ』※をとてもいきいきと読《よ》みはじめた。

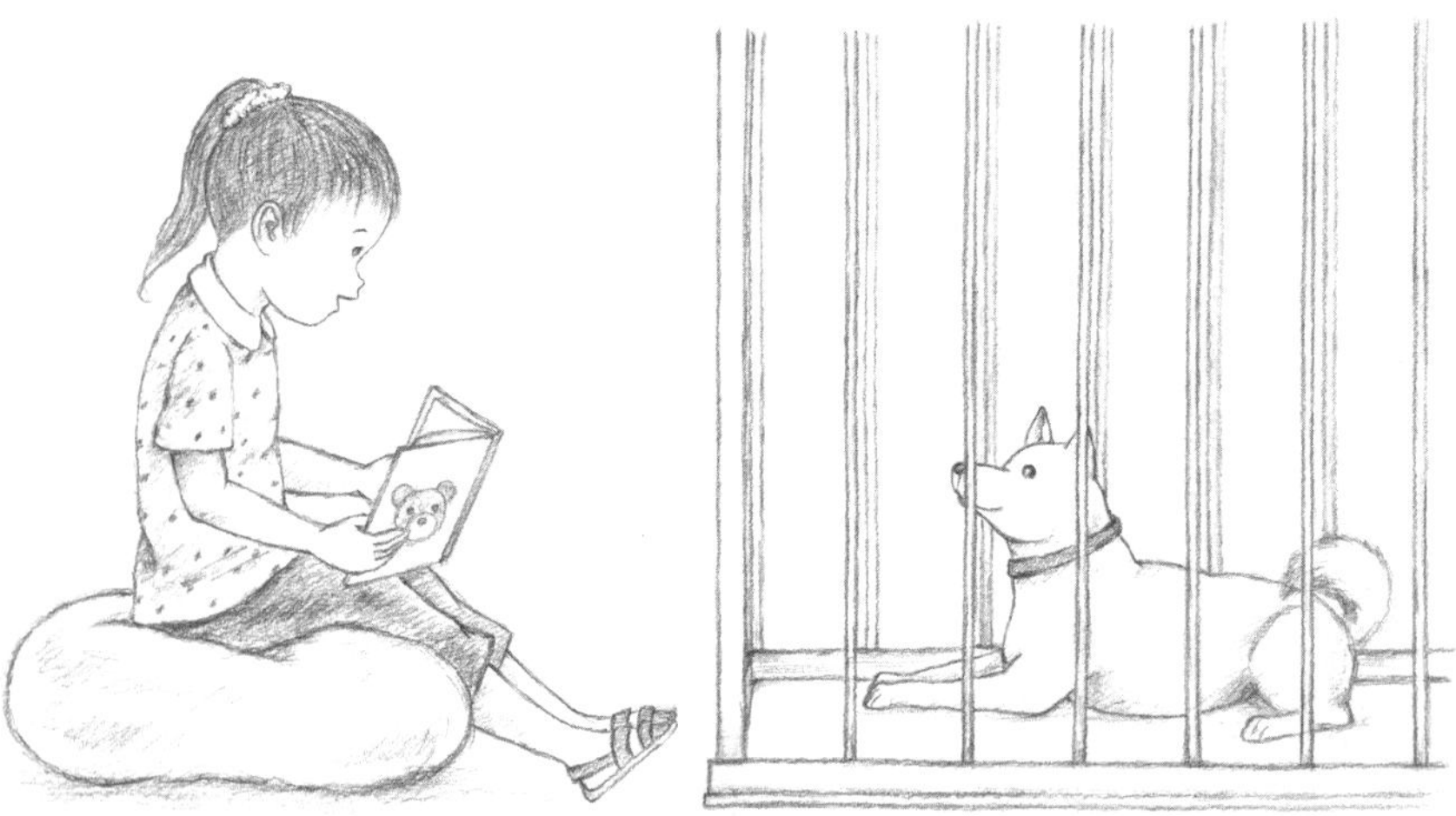

「かいじゅうだ！」

ジョーはなんどもなんどもくりかえした。

マルコとビリーがほえはじめた。これまで保護犬《ほごいぬ》の部屋《へや》では、ほえ声《ごえ》を聞《き》いたことがなかった。いつも悲《かな》しいくらいしんとしていた。

「ジェニーと散歩《さんぽ》に行《い》きたい」

わたしはマーサさんにいった。

マーサさんはうなずいて、ルークを見《み》た。

「ルルがいたら連《つ》れていくよ。ぼくたち気《き》があうんだ」

マーサさんがわらった。

ルークとわたしはドアを出《で》て、芝生《しばふ》を行《い》ったり来《き》たりし、道《みち》をわたって公園《こうえん》に行《い》った。ふたりがベンチにすわると、ジェニーもすぐそばにすわって、わたしをじっと見上《みあ》げる。ジェニーをなでてやる。

ルルはベンチにとびのると、ルークのとなりで寝《ね》そべった。穏《おだ》やかな時間《じかん》だった。

「トーマスさんも犬《いぬ》を飼《か》うといいのにな」

わたしはボソッといった。

「今夜電話《こんやでんわ》があったときに、いってみたら」

「えっ、もうミートボールの日《ひ》？　こんなに早《はや》く？」

「そうだよ」

ジェニーが「だいじょうぶ。だいじょうぶ」というように、わたしの手《て》に鼻《はな》を押《お》しつけてくる。

みんな立《た》ち上《あ》がり、公園《こうえん》をぬけてドッグシェルターの芝生《しばふ》を横切《よこぎ》りドアを開《あ》けた。マーサさんがわたしたちににっとわらった。

保護犬《ほごいぬ》の部屋《へや》のドアが半開《はんびら》きになっている。

音楽《おんがく》が鳴《な》っている。フィンの小《ちい》さなCD《シーディー》プレイヤーからだ。オーケストラが演奏《えんそう》する『ドナ・ノービス・パーチェム』だ。父《とう》さんのお気《き》にいりの歌《うた》だ。

ドアを開《あ》けて中《なか》をのぞく。ジョーとペニーがじっとすわっている。犬《いぬ》たちもフィンの音楽《おんがく》をじっと聞《き》いている。わたしも音《おと》をたてないように部屋《へや》に入《はい》る。近《ちか》づくと、フィンがわたしを見上《みあ》げてにっこりした。

エマはフィンのすぐそばにすわっている。これまでで一番近《いちばんちか》かった。

エマが顔《かお》をあげ、こちらを見《み》た。エマを怖《こわ》がらせないように、じっとしていた。だけど、大丈夫《だいじょうぶ》だった。エマはそこにすわって、見《み》つめ、耳《みみ》を傾《かたむ》けている。わたしを見《み》て、それからフィンに目《め》をもどし、フィンとわたしが家族《かぞく》だからと安心《あんしん》しているみたいに。

そのうちエマは寝《ね》そべって、音楽《おんがく》を聞《き》いた。フィンとエマ、そしてわたしは動《うご》かなかった。音楽《おんがく》が終《お》わるまで、じっとそのままいた。

フィンが立《た》ちあがった。

「帰《かえ》るね」

フィンがエマに小声《こごえ》でいった。

わたしたちがペニーとジョーの横《よこ》をとおりすぎるとき、後《うし》ろを振《ふ》り返《かえ》ると、エマはまだおなじところにいた。

エマはもう、壁《かべ》からはなれたんだ。

ミートボールがジュージュー音《おと》をたてる。

電話《でんわ》が鳴《な》った。

「もしもし?」

「やあ、フィオナ」

「こんばんは、トーマスさん」

「元気《げんき》かい?　フィンはどうしてる?」

「友《とも》だちのルークがフィンにできることを見《み》つけてくれたの。飼《か》い主《ぬし》を亡《な》くした保護犬《ほごいぬ》の世話《せわ》で忙《いそが》しくしている」

「それは、いいことだね」

「ルークは、トーマスさんとおなじようにひとりっ子《こ》なの。ルークのお父《とう》さんは作家《さっか》で、父親《ちちおや》ってどういうものかという詩《し》を書《か》いてくれたんだって。最《さい》後《ご》の一行《いちぎょう》はこうだった。『だからわたしは、決《けっ》して消《き》えることのないともし火《び》』」

トーマスさんはため息《いき》をついた。

「フィオナのお父《とう》さん、、オブライエン先生《せんせい》がおなじことをいったことがある。『いつだって太陽《たいよう》はあるだろう。いつでも太陽《たいよう》はあるんだよ』って。これって、決《けっ》して消《き》えることのないともし火《び》のことだね」

「トーマスさん、犬《いぬ》は飼《か》っている？　ドッグシェルターのスタッフの女《おんな》の人《ひと》がね、自分《じぶん》がどれだけいい人間《にんげん》か知《し》るには、時《とき》には犬《いぬ》が必要《ひつよう》なんだって話《はな》してくれたの」

「ぼくは猫《ねこ》を飼《か》っているよ」

「それじゃあ、その猫《ねこ》がトーマスさんはどれくらいいい人《ひと》か教《おし》えてくれるね」

電話機《でんわき》のむこうで、トーマスさんがほほえんでいるのがわかった。

「ぼくの猫《ねこ》はシャーシャーいうし、よく鳴《な》くし、すぐひっかくよ。通《とお》りで拾《ひろ》ったんだ」

「まあ？　そうなんだ、やさしいね！」

「たぶん、そうかもね」

「今日《きょう》ね、フィンが『ドナ・ノービス・パーチェム』を保護犬《ほごいぬ》のエマに聞《き》かせたの。するとエマはフィンのそばに寄《よ》ってきたわ」

「オブライエン先生《せんせい》は音楽《おんがく》が大好《だいす》きだった。ぼくは歌《うた》をうたうから、いつもいわれていた。『うたいつづけるんだ！』って」

「わたし、ときどき、父《とう》さんの思《おも》い出《で》を忘《わす》れそうになるの」

「思《おも》い出《で》っていいものだよ。少《すく》なくともオブライエン先生《せんせい》はそういっていた。『きみやぼくがここにいるのは、思《おも》い出《で》を集《あつ》めるためだ』って、いつだったかいってたな」

「わたしたちがしているみたいなこと？」

「うん。ぼくらがしていることだ。また来週電話《らいしゅうでんわ》するよ、フィオナ」

「またね、トーマスさん」

「じゃあ、フィオナ」

受話器《じゅわき》をおいた。

思《おも》い出《で》を集《あつ》めるか……。

フライパンのミートボールをかきまぜた。

そのとき、ふいに思《おも》い出《だ》した。父《とう》さんが『ドナ・ノービス・パーチェム』というのはラテン語《ご》で『平和《へいわ》をわれらに』という意味《いみ》だと話《はな》してくれたのを。

「なんといってもたいせつなのはね」

父《とう》さんはいった。

「平和《へいわ》さ。白熱《はくねつ》したバスケの試合中《しあいちゅう》にわたしがこれをうたうと、母《かあ》さんは調子《ちょうし》が狂《くる》っておだやかじゃないんだけどね」

わたしたちは大《おお》わらいした。

どうして忘《わす》れちゃったんだろう？　すっかり忘《わす》れていた。だけど、もう忘《わす》れない。

わたしは思《おも》い出《で》を集《あつ》めているのだ。

第《だい》7章《しょう》　心《こころ》をなぐさめてくれるもの

母《かあ》さんとフィンとわたしは夕食後《ゆうしょくご》、キッチンにいた。庭《にわ》からキリギリスの鳴《な》き声《ごえ》が夕暮《ゆうぐ》れの音楽《おんがく》のように聞《き》こえる。

父《とう》さんはキリギリスの鳴《な》き声《ごえ》に指《ゆび》をたてて、「夏《なつ》の歌《うた》だな」という。

「どうしたの？」

母《かあ》さんがわたしの顔《かお》を見《み》ながら聞《き》いた。

「あの鳴《な》き声《ごえ》」

「あの人《ひと》が好《す》きだったわ、キリギリスル・・　キリギリシナイ・・・」

母《かあ》さんはいった。

「父《とう》さんは、ウグイスやショウジョウコカンチョウや川《かわ》のそばにいるツグミや、甲高《かんだか》い声《こえ》で鳴《な》くアシボソハイタカとかの鳴《な》き声《ごえ》も聞《き》きわけたよ」

フィンが指《ゆび》を折《お》って数《かぞ》えながらいった。

母《かあ》さんとわたしは、驚《おどろ》いて顔《かお》を見合《みあ》わせた。フィンが、近《ちか》ごろルークみたいにたくさん話《はな》すようになった。

「みんなおぼえているのね」

母《かあ》さんがいった。

「耳《みみ》をすましたんだ。シェルターのエマみたいに。エマはね、『ドナ・ノービス・パーチェム』の曲《きょく》を聞《き》かせてあげるとよろこぶんだよ」

「父《とう》さんの歌《うた》ね。バスケの試合中《しあいちゅう》に熱中《ねっちゅう》しているのに、この歌《うた》をうたわれると気《き》が散《ち》ってしかたなかった」

母《かあ》さんがいった。

「バスケでやっつけてやろうっていうときに、『平和《へいわ》をわれらに』って、うたいだすのよ、どんな神経《しんけい》だと思《おも》う?」

フィンとわたしは、思《おも》い出《だ》しながら顔《かお》を見合《みあ》わせてニヤニヤした。

「ねえ、フィン、エマには歌《うた》をうたってあげるといいかも。フィンの声《こえ》はきれいだし動物《どうぶつ》は声《こえ》に反応《はんのう》するんじゃないかしら」

母《かあ》さんがいった。

「犬《いぬ》って音楽《おんがく》が好《す》きなの？」

わたしは聞《き》いた。

母《かあ》さんは肩《かた》をすくめた。

「そうかもしれないし、そうじゃないかも」

母《かあ》さんがいった。

「幼児《ようじ》のことはだいたいわかるけど、犬《いぬ》のことはあまりね。幼《おさな》い子《こ》たちは歌《うた》に反応《はんのう》するのよ」

「犬《いぬ》と小《ちい》さな子《こ》どもは、にてるかもしれないね」

フィンはかんがえこむような表情《ひょうじょう》でいった。そして母《かあ》さんの顔《かお》をじっと見《み》つめた。

「なんだか、デクランみたい」

母《かあ》さんがそっといった。

母《かあ》さんのいうとおりだ。次《つぎ》にいうことだけをかんがえているときの父《とう》さんの真《ま》っすぐで思慮深《しりょぶか》い表情《ひょうじょう》。

「じゃあ、エマが好《す》きなのは、ぼくが読《よ》んであげているお話《はなし》じゃないかもね。ぼくの声《こえ》かもしれない」

フィンはいった。

「トーマスさんが話《はな》してくれたんだけど、父《とう》さんは『うたいつづけるんだ』っていってたって」

わたしはいった。

「トーマスさんってだれなの？」

フィンが聞《き》いた。

「父《とう》さんのとってもかしこいお友《とも》だちよ」

わたしはいった。

母《かあ》さんがにっこりした。

そのときキッチンの中《なか》はとても静《しず》かだった。

「この町《まち》に音楽学校《おんがくがっこう》ってあるの？」

フィンがボソッと聞《き》いた。

「ええ、チャンス音楽学校《おんがくがっこう》があるわ。ドッグシェルターを出《で》て公園《こうえん》を横切《よこぎ》って、ウエストアベニューをわたったところよ」

フィンが驚《おどろ》いたように顔《かお》をあげた。

「チャンス？　それって名前《なまえ》？」

「どうしてそんなことを聞《き》くの？」

母《かあ》さんがいった。

「ちょっとおもしろいなぁって」

フィンはいった。

思《おも》い出《だ》した。冬のある日《ひ》、フィンが窓《まど》の外《そと》で降《ふ》ってくる雪《ゆき》をながめていた。

その姿《すがた》を父《とう》さんがまじまじと見《み》ていたことがある。

「なにをしてるんだい？」

父《とう》さんが聞《き》く。

「ちょっとおもしろいなぁって……」

フィンがいう。

「おもしろいって、いいね」

父《とう》さんがいう。


「あのね、かんがえてることがあるんだ」

フィンがいった。

「エマの亡《な》くなった飼《か》い主《ぬし》の名前《なまえ》はデビッド・チャンスっていうんだ。マーサさんが教《おし》えてくれた」

「どんなことかんがえてるのか、教《おし》えてくれる？」

わたしは聞《き》いた。

「だめ」

フィンがいった。

夕暮《ゆうぐ》れが夜《よる》に変わっていくなかで、キリギリスのやさしい鳴《な》き声《ごえ》だけが聞《き》こえている。

♪　キリキリキリキリ　キリギリス
キリキリキリキリ　キリギリス
キリキリキリキリ　キリギリス　♪

思《おも》い出《で》の数々《かずかず》。

ドッグシェルターに着《つ》くと、フィンはここに住《す》んでいるみたいにまっすぐに保護犬《ほごいぬ》の部屋《へや》に入《はい》っていく。

「ジョーとペニーが今日《きょう》はいないの。保護犬《ほごいぬ》の部屋《へや》はかなり静《しず》かよ」

マーサさんがいう。

ジェニーがこちらを見《み》ながらやってきた。しゃがんで抱《だ》きしめる。

犬《いぬ》が好《す》きなのは声《こえ》なのかもしれないという、フィンのことばについてかんがえた。

わたしは元気《げんき》だよ、ジェニー。お散歩《さんぽ》に行《い》こう。

するとマーサさんが、カウンター越《ご》しにリードをわたしてくれた。

驚《おどろ》いてマーサさんを見《み》た。声《こえ》に出《だ》したりなんてしてないのに？

「ジェニーに話《はな》しかけているんでしょ」

マーサさんがいった。

マーサさんは、わたしのかんがえていることが聞《き》こえたみたいにうなずいた。

「ジェニーはあなたの声《こえ》が好《す》きなのよ」

「わたしのほうが、ジェニーになぐさめてもらっているときがあるんです」

わたしはいった。

「ジェニーをなぐさめているんじゃなくて」

「きっとフィオナも、あの子《こ》をなぐさめているのよ」

「それじゃ、おたがいさまってこと?」

「ええ、おたがいさまよ」

マーサさんがいった。

わたしは、ジェニーの首《くび》にリードをつけた。

「もうすぐルークが来《き》ます。ルークには手《て》に負《お》えない犬《いぬ》を担当《たんとう》させてあげるんでしょ」

マーサさんがニヤリとした。

「ちょうどぴったりの子《こ》がいるわ！」

マーサさんが保護犬《ほごいぬ》の部屋《へや》のドアを開《あ》けると、フィンがやさしくてはっきりした声《こえ》で『おやすみ赤《あか》ちゃん※』をうたっているのが聞《き》こえてきた。

わたしは立《た》ち止《ど》まった。胸《むね》がドキドキしてきた。

歌詞《かし》を思《おも》い出《だ》した。

しーっ、かわいい赤《あか》ちゃん

しずかにね

パ・パ・がモノマネ鳥《どり》を買《か》ってあげる
モノマネ鳥《どり》がうたわなければ
パ・パ・がダイヤの指輪《ゆびわ》を買《か》ってあげる

父《とう》さんが夜《よる》になるとうたってくれた。もう長《なが》いこと聞《き》いてなかった。だけど、歌詞《かし》はぜんぶおぼえている。

ドアを開《あ》けて、ジェニーとわたしは陽《ひ》だまりの中《なか》に歩《ある》きだした。芝生《しばふ》を横《よこ》切《ぎ》り、公園《こうえん》の向《む》こうの道《みち》に向《む》かって。

「いい子《こ》ね、ジェニー」

うれしそうにジェニーがプルプルと首《くび》をふったので、わらってしまった。

「このベンチにすわろうか」

わたしがすわると、ほかの犬《いぬ》のようすを見《み》ながらジェニーがわたしにもたれかかってきた。鼻《はな》をあげて、空気《くうき》をくんくんとかいでいる。

ポケットから犬《いぬ》のおやつを取《と》りだして、ジェニーにさしだす。ジェニーは動《うご》かない。やっと少《すこ》しして、ジェニーはおすわりをした。

「まぁ、だれかにおすわりを教《おし》えてもらったの？」

はじめてジェニーのことをかんがえた。

シェルターにおいていかれたんだって。こんなに人《ひと》なつっこくておとなしい犬《いぬ》なのに。

飼《か》い主《ぬし》を亡《な》くしたエマとエマの深《ふか》い悲《かな》しみについてかんがえたことはあった。

だけど、ジェニーだって捨《す》てられたんだ。

「待《ま》て！　止《と》まるんだ！　おすわり！」

顔《かお》を上《あ》げると、ルークがものすごく大《おお》きな犬《いぬ》に引《ひ》っぱられるようにして通《とお》りをわたってくるのが見《み》えた。

ジェニーがうれしそうにワンとほえ、立《た》ちあがってしっぽをふっている。

とっても大《おお》きな犬《いぬ》は、ルークをわたしたちのベンチのところに引《ひ》っぱってきた。ルークがとなりにドサッと腰《こし》を下《お》ろすとわらってしまった。

「この犬《いぬ》は手《て》に負《お》えないよ！」

ルークは息《いき》を切《き》らしていった。

「マーサさんがルークにぴったりの犬《いぬ》だって。どんな子《こ》なの？」

ジェニーと手《て》に負《お》えない犬《いぬ》が匂《にお》いをかぎあうと、ルークは頭《あたま》をふっていった。

「うちの父《とう》さんは、4Hクラブ※で、この犬《いぬ》とおなじくらいの大《おお》きさのミニチュア・ポニーを育《そだ》てたんだよ。こいつはラルフ」

「こんにちは、ラルフ」

わたしがいうと、ラルフはそばに来《き》て、大《おお》きな頭《あたま》を近《ちか》づけ目元《めもと》のにおいをかいだ。わたしの顔《かお》をしらべるラルフの息《いき》は温《あたた》かい。

「フィンはどこ？」

ルークが聞《き》いた。

「エマに歌《うた》をうたってあげている。エマが好《す》きなのはお話《はなし》じゃなくて、フィンの声《こえ》がエマの気持《きも》ちを落《お》ち着《つ》かせるんじゃないかって。だから、あの子《こ》うたっているの」

ルークはにっこりした。

「フィンは、だいぶよくなってるね」

わたしはうなずいた。

「でも、まだ夜《よる》はわたしのベッドに入《はい》ってくるの。そして、眠《ねむ》りながら泣《な》いてる」

「事故《じこ》のことをかんがえているんだね。だれかのせいにしたいんだよ」

ルークはいった。

わたしはため息《いき》をついた。

ジェニーがわたしの手《て》のにおいをかぐ。

「ジェニーになぐさめてもらっているんだね」

「うん。ジェニーがなぐさめてくれている」

ジェニーの頭《あたま》をなでた。

「フィンはなにになぐさめられているのかな？　エマのことに自分《じぶん》の時間《じかん》をずっとつかっているわ。だけど、なにがフィンをなぐさめてくれるの？」

ルークは頭《あたま》をふった。

「エマを助《たす》けることが、フィンのなぐさめなのかもしれないよ」

ルークはいった。

ジェニーがわたしのひざに頭《あたま》をのせた。

なぐさめてくれるもの……。

第《だい》8章《しょう》　川《かわ》に流《なが》すといいよ

「人生《じんせい》は、大草原《だいそうげん》を風《かぜ》に吹《ふ》かれて転《ころ》がっていく回転草《かいてんぐさ》のように、次々《つぎつぎ》といろんなことが起《お》きるときがあるんだよ。回転草《かいてんぐさ》！　わたしの音楽《おんがく》のようだ」
と父《とう》さんがわたしにいったことがある。

あとになって、父《とう》さんのことばをよくかんがえてみた。回転草《かいてんぐさ》は見《み》たことがないけど。ルークとフィン、そしてわたしはいつものようにキッチンにいた。わたしはパスタソースを作《つく》るのにミートボールをフライパンの中《なか》で転《ころ》がしていた。夕方《ゆうがた》のおそい時間《じかん》だった。

「母《かあ》さんだよ」

フィンが驚《おどろ》いていった。

フィンは本《ほん》を山積《やまづ》みにしたテーブルの前《まえ》にすわっていた。

「今《いま》、車《くるま》が止《と》まる音《おと》が聞《き》こえたんだ」

外《そと》を見《み》ると、もう一台別《いちだいべつ》の車《くるま》も止《と》まるのが見《み》えた。

「でも、今日《きょう》はもっとおそくなるはずなのよ」

わたしはいった。

女《おんな》の人《ひと》が車《くるま》からおりた。後《うし》ろのドアを開《あ》けて、小《ちい》さい子《こ》のチャイルドシートのベルトを外《はず》している。女《おんな》の人《ひと》もその子《こ》も見《み》たことがなかった。
このとき、ピンと来《き》た。
母《かあ》さんと女《おんな》の人《ひと》と、小《ちい》さな子《こ》どもが一緒《いっしょ》に歩《ある》いてくるのでわかった。
父《とう》さんの事故《じこ》の女《おんな》の人《ひと》と子《こ》ども……。きっとそうだ。
わたしは本《ほん》をながめているフィンの後《うし》ろにまわった。
フィンを守《まも》ろうとしているわたしを見《み》て、ルークにもわかった。
母《かあ》さんはドアを開《あ》けると、わたしたちにほほえみかけた。
「まあ、よかった。みんないてくれて」
女《おんな》の人《ひと》が、小《ちい》さな男《おとこ》の子《こ》の手《て》を引《ひ》いて入《はい》ってきた。
「ぼく、帰《かえ》ったほうがいいかな?」
ルークが聞《き》いた。
母《かあ》さんは首《くび》をふった。

「いいえ、ルーク。あなたも家族《かぞく》よ。いてちょうだい。こちらはクラークさん」

「ジェシーです」

女《おんな》の人《ひと》はいった。

「この子《こ》はノア。まだ二歳《にさい》で、あんまりおしゃべりできないの」

「にさい」

ノアがいった。

わたしたちはみんなほほえんだ。フィンをのぞいて。

「フィオナです。この子《こ》は友《とも》だちのルーク」

ジェシーさんはうなずいた。

「それから弟《おとうと》のフィンです」

「フィン」

ノアがうれしそうにいった。

「ジェシーはお父《とう》さんの事故《じこ》のことで来《き》たの。なにが起《お》きたのか、話《はな》しにきてくれた」

母《かあ》さんがいった。

ジェシーさんの髪《かみ》は白《しろ》っぽい金色《きんいろ》で、顔色《かおいろ》は青白《あおじろ》かった。

「おふたりのお父《とう》さまが、どんなに勇敢《ゆうかん》だったかお話《はなし》したくて……」

フィンが立《た》ちあがろうとしたので、わたしはフィンの肩《かた》に手《て》をおいた。

「待《ま》って」

わたしはそっといった。

「少《すこ》し、待《ま》って」

「わたしとノアは犬《いぬ》の散歩《さんぽ》をしていました。そのとき、道路《どうろ》で遊《あそ》んでいた子《こ》どもたちのボールが転《ころ》がってきて、犬《いぬ》がボールを追《お》ってリードが引《ひ》っ張《ぱ》られました。車《くるま》がやってきたので、ノアの手《て》を引《ひ》いたまま、リードをにぎりしめようとしました。なのに、手《て》がはなれてしまって、ノアは犬《いぬ》を追《お》ってかけだしました」

ジェシーさんは話《はなし》を止《や》めて、ため息《いき》をついた。

「犬《いぬ》のリードをにぎれませんでした」

目《め》には涙《なみだ》があふれていた。

「ノアをつかまえる前《まえ》に転《ころ》んでしまったんです」

ジェシーさんはいった。

「お父《とう》さまはノアと犬《いぬ》をよけようとされました。そして、わたしのことも。お父《とう》さまは、命《いのち》の恩人《おんじん》です」

ジェシーさんはもう一度《いちど》ため息《いき》をついた。

「このことについて、ずっとかんがえていました」

ノアがフィンのほうに歩《ある》いてきて、本《ほん》の上《うえ》におかれたフィンの手《て》にふれた。

「フィン」

小《ちい》さな声《こえ》でノアがいった。


部屋《へや》の中《なか》はしんとしていた。すると、フィンがジェシーさんのほうを見《み》た。

「ぼくも、ずっとかんがえていたんだ」

フィンがいった。

ジェシーさんがうなずく。

「ええ」

「だけど、あの日《ひ》の話《はなし》を聞《き》いたら、にくしみの気持《きも》ちがかわった」

ジェシーさんがイスに腰《こし》をおろした。

「もう、ジェシーさんのせいだと思《おも》わない」

フィンがおだやかにいった。

「ノアのせいでもないよ」

フィンは次《つぎ》のことばをさがすように、だまった。

「それから、父《とう》さんが悪《わる》いんだとも思《おも》わない」

フィンがあの絵本《えほん》『かえでがおか農場《のうじょう》のいちねん』を開《ひら》いてノアにみせ、読《よ》みはじめた。

6月《がつ》は　なつの　はじめのつき。のうじょうの　いけに　みずがあふれます。ウマが　くさを　たべます。ガチョウも　くさをたべます。ちちうしも　ひつじも　やぎも。

ノアが指《ゆび》さしていった。

「ウシさん」

「ウマ」

フィンがいう。

「ウマ」

ノアがくりかえす。

「ウシさんとにているね」

フィンがいう。

ノアがにっこりした。

「ウシさん」

フィンがふたりだけのジョークみたいに、にっこりしながらいった。

フィンがページをめくっていく。

8がつは　なつの　おわりのつき。
そらは　あおく　ひは　てりつけます。
ほこりまみれで　ねていても　イヌは　だれかが　そばを　とおると
ぱたぱた　しっぽを　ふります。

母《かあ》さんの目《め》に涙《なみだ》が見《み》えた。ジェシーさんのほおを涙《なみだ》が流《なが》れた。フィンも泣《な》いているにちがいない。ノアが涙《なみだ》にさわろうと背《せ》のびしたから。

だけどフィンはノアに絵本《えほん》を読《よ》みつづけている。

ドッグシェルターのエマに読《よ》みつづけたように。

「ガチョウ」

フィンがいう。

ノアがそのことばにニコッとわらった。

「ガァチョウゥー」

ノアがうんと語尾《ごび》をのばしていった。


母《かあ》さんは学校《がっこう》にもどった。ジェシーさんとノアは帰《かえ》った。

ルークとわたしは、話《はな》すことはもうなくなったみたいにだまっている。

「ルークは、前《まえ》にいってたよね。だれかがフィンに明《あ》かりをともす手伝《てつだ》いに来《き》てくれるかもしれないって」

わたしはルークにいった。

ルークはうなずいた。わたしの頭《あたま》をとんとんとして、キッチンの網戸《あみど》を開《あ》けた。芝生《しばふ》の庭《にわ》を通《とお》ってルークが自分《じぶん》の家《いえ》にもどっていくのをわたしは見《み》つめていた。

フィンはテーブルにすわったまま『かえでがおか農場《のうじょう》のいちねん』を見《み》ていた。小《ちい》さいころからのお気《き》にいりの絵本《えほん》だ。

「だいじょうぶ？」

夕食《ゆうしょく》の食器《しょっき》やフライパンを出《だ》しながら、わたしは聞《き》いた。

フィンはうなずいた。

「ジェシーさんのこと、好《す》きだよ。あの人《ひと》は、勇気《ゆうき》があるね」

「そうね、あの人《ひと》もヒーローだね」

わたしはいった。

フィンはわたしを見上《みあ》げた。

「ヒーローは、いっぱいいるんだ」

フィンは、ノアの小《ちい》さな声《こえ》とおなじくらいの小《ちい》さな声《こえ》でいった。

電話《でんわ》が鳴《な》った。フィンが立《た》ちあがって受話器《じゅわき》をとった。

「もしもし?」

フィンが、もしもしといってるのを聞《き》いたとたん、電話《でんわ》の相手《あいて》がトーマスさんだとわかった。

「ううん、フィンだよ。フィオナは夕食《ゆうしょく》を作《つく》ってる」

フィンがだまった。

「うん、父《とう》さんのお友《とも》だちなんだね」

フィンはじっと聞《き》いている。

「うん。今日《きょう》、父《とう》さんの事故《じこ》の相手《あいて》の女《おんな》の人《ひと》が来《き》たんだ。もうあの人《ひと》のせいだとは思《おも》えなくなったよ。あの小《ちい》さな男《おとこ》の子《こ》のことも。それからね、父《とう》さんのせいでもないよ」

フィンはいった。

フィンがじっと聞《き》き、うなずいた。

「うん、おぼえておく」

少《すこ》し間《ま》があって、トーマスさんがさよならをいっているとわかった。

「さよなら、トーマスさん」

フィンは受話器《じゅわき》をおいた。

「フィオナには、また来週《らいしゅう》かけるって」

わたしはだまっていた。フィンが話《はな》すのをじゃましないように。

「父《とう》さんがね、いやな気持《きも》ちをかかえたときは、『小《ちい》さな船《ふね》にのせて川《かわ》に流《なが》すんだよ』って、トーマスさんにいったんだって。自分《じぶん》でどうしようもできないようなことはね」

フィンがいった。

おなじようなことをわたしも父《とう》さんにいわれたことを思《おも》い出《だ》した。

わたしが二年生《にねんせい》のとき、友《とも》だちのミリーにいじわるをされた。そのことで、父《とう》さんにぶつぶついった。

「ミリーはごめんなさいっていったかい？」

父《とう》さんは聞《き》いた。

「いった」

「また友《とも》だちになった？」

「うん」

「それじゃあ、みんな小《ち》さな船《ふね》にのっけて川《かわ》に流《なが》してしまうといい。バイバイって！」

わたしは父《とう》さんのいうとおりにした。

そして、その夜《よる》のことだ。父《とう》さんの事故《じこ》以来《いらい》、はじめてのことがおきた。
フィンが一晩中自分《ひとばんじゅうじぶん》のベッドで眠《ねむ》ったのだ。
眠《ねむ》りながら泣《な》くこともなかった。
エマは壁《かべ》からはなれるようになった。
フィンは、いくつものつらい気持《きも》ちを小《ちい》さな船《ふね》にのせて川《かわ》に流《なが》したんだ。

第《だい》9章《しょう》　ドナ・ノービス・パーチェム

朝目《あさめ》がさめたら、もうおそい時間《じかん》だった。ベッドから飛《と》びおきて、フィンの部屋《へや》に行《い》った。ベッドがととのえられている。

フィンがベッドをととのえた?!

フィンが最後《さいご》にベッドをととのえたのがいつだったか、思《おも》い出《だ》せない。

母《かあ》さんの部屋《へや》は空《から》っぽで、教科書《きょうかしょ》もなかった。

いそいで下《した》におりた。ルークがキッチンにすわって、バニラ・アーモンドのアイスクリームを静《しず》かに食《た》べている。

「それ、どこにあったの？」

「冷凍庫《れいとうこ》の奥《おく》だよ、フィオナのお母《かあ》さんがかくしていた」

ルークがいった。

「フィンはどこにいるの？」

「フィンなら一時間前《いちじかんまえ》に出《で》かけたよ」

ルークは手書《てが》きのメモを差《さ》しだし、手《て》わたしてくれた。


いよいよ今日《きょう》だ。

今日《きょう》、歌《うた》をうたう。

今日《きょう》、エマのほんとうの家《いえ》を見《み》つける。

フィン

「このテーブルの上《うえ》にあった」

ルークがいった。

わたしはすわった。

「フィンにはなにかかんがえてることがあるみたいなんだけど、話《はな》してくれないの。〈エマのほんとうの家《いえ》〉って、どういう意味《いみ》？　エマを引《ひ》き取《と》りたいってことかしら？」

ルークは首《くび》をふった。

手《て》をのばしてルークのアイスクリームのカップを取《と》り、わたしもスプーンを入《い》れて食《た》べだした。

「ぼくらも行《い》こう」

ルークがいった。

「うん、すぐ行《い》きましょう」

「フィオナ、まだパジャマだろ」

「へいき」

「チェックだよ。チェックの服《ふく》なんて、フィオナは着《き》たことないじゃないか」

わたしはルークの腕《うで》をつかんで、ドッグシェルターに出《で》かけた。

ドアを開《あ》けると、マーサさんがパジャマを指《ゆび》さした。

「すごいズボンね」

マーサさんがいった。

「ぼくもそういったんだ」

ルークがいった。

犬《いぬ》たちがしっぽをふりながら、あつまってきた。

「フィンはどこですか？　今朝《けさ》わたしが起《お》きる前《まえ》に出《で》かけちゃったんです」

マーサさんがドアのほうを指《ゆび》さす。少《すこ》し開《あ》いている。

「もう一時間《いちじかん》も、あのやさしい声《こえ》であの歌《うた》をずっとうたっている。それからね、なんだかすごいことが起《お》きているの。フィンがペニーとジョーに歌《うた》を教《おし》えてくれたの。たまに間違《まちが》うけど、ふたりともがんばってうたっている。とにかく、自分《じぶん》の目《め》で見《み》てあげて」

ルークとわたしはそっとドアから入《はい》った。

わたしたちは歌声《うたごえ》につつまれた――高《たか》く、しっかりした歌声《うたごえ》で斉唱《せいしょう》している。子《こ》どもたちの声《こえ》はときに一緒《いっしょ》に、ときにそれぞれのパートにわかれまざりあった。

♪　ドナ・ノービス・パーチェム　パーチェム
ドナ・ノービス・パーチェム　♪
われらに　平和《へいわ》を　あたえたまえ　平和《へいわ》を
われらに　平和《へいわ》を　あたえたまえ

そこにはドッグシェルターのスタッフたちが全員《ぜんいん》いた。どの犬《いぬ》もみんなじっと聞《き》いている。ジェニーがわたしのほうにやってきた。

「ここよ、ジェニー。わたしはここにいるよ」

わたしは小声《こごえ》でいった。

わたしたちが近《ちか》づいても、フィンとペニーとジョーはうたいつづけている。

エマは、こちらを見《み》もしない。

エマがじりじりと動《うご》いた。エマはパッと後《うし》ろを向《む》くと、小《ちい》さな青《あお》いぬいぐるみをくわえた。フィンはまだうたっている。

♪　ドナ・ノービス・パーチェム　パーチェム
　ドナ・ノービス・パーチェム　♪

エマはフィンがすわっているほうに近《ちか》づく。青《あお》いぬいぐるみをケージの空《あ》いたところにおくと、フィンのほうに鼻《はな》でおした。フィンへのプレゼントだ。

フィンは手《て》をのばして、エマの鼻《はな》にふれる。エマがフィンの手《て》をなめた。

そして、みんなはまだうたっている。

父《とう》さんの好《す》きだった歌《うた》をみんながうたっている。草原《そうげん》の中《なか》を風《かぜ》に吹《ふ》かれて転《ころ》がっていく回転草《かいてんぐさ》のような音楽《おんがく》、『ドナ・ノービス・パーチェム』。

マーサさんがそばにやってきて隣《とな》りに立《た》った。手《て》にはリードを持《も》っている。

フィンとペニーとジョーがうたい終《お》えたときも、フィンはまだケージの中《なか》に手《て》をのばしエマの顔《かお》をなでていた。

マーサさんが持《も》ってきたリードはエマのためだとわかった。エマはフィンと一緒《いっしょ》に散歩《さんぽ》に行《い》くんだ。

フィンが立《た》ちあがって、こっちに来《き》た。

マーサさんがフィンにリードをわたした。

「手伝《てつだ》いましょうか？」

フィンは首《くび》をふった。

「ケージの開《あ》け方《かた》はわかってるよ。前《まえ》に開《あ》けたことあるんだ」

フィンはエマのケージのほうにもどりながら、うちあけた。

マーサさんが、わたしにジェニーのリードをわたしてくれた。

「エマは、おびえたり興奮《こうふん》したりするかもしれないわ」

マーサさんがいった。

「じゃあぼくは、今日《きょう》はほかの犬《いぬ》は連《つ》れないでフィンたちについていきます」

「手《て》のかかる子《こ》はもうごめんっていうこと？」

マーサさんがいたずらっぽくいった。

「ベティとビッツという小《ちい》さくてふわふわの毛《け》をした子《こ》がいるの。二匹《にひき》でじゃれあって、ぜったいにはなれないの。はなせないんじゃないかな」

「やめておきます、今日《きょう》は」

ルークが笑顔《えがお》でいった。

そのとき、フィンがエマを連《つ》れて出《で》てきた。エマに興奮《こうふん》したようすはなく、びくびくもしていなかった。フィンと並《なら》んで歩《ある》くすがたは、毎日一緒《まいにちいっしょ》にずっと散歩《さんぽ》していたみたいだった。

たぶん、そうだったんだ。

「エマにうたってあげるんだ。そしたら、ぼくらおしゃべりできる」

「エマがおもしろいことといったら、教《おし》えてね」

マーサさんがいった。

わたしたちがドアを出《で》ると、ジェニーがエマのにおいをくんくんと確《たし》かめるようにし、エマもジェニーの背中《せなか》のにおいをかいだ。

エマがしっぽをふる。

「わぁ、しっぽがあったんだ！」

ルークが小声《こごえ》でいった。

みんなエマのしっぽを見《み》たことがなかったことに気《き》づいた。エマはずっと壁《かべ》のほうを向《む》いて、いつだってからだをまるめたままだったから。

「いい子《こ》だね、エマ」

フィンがいった。それから、声《こえ》をおとした。

「しっぽのことはいわないであげてよ。はずかしがるから」

「ペニーとジョーに『ドナ・ノービス・パーチェム』を教《おし》えてあげたんですって？」

わたしはフィンに聞《き》いた。

「うん。父《とう》さんがぜんぶのパートを教《おし》えてくれたからね」

「そうなんだ、わたしはいったいどうしてたんだろう？」

フィンはちょっとほほえんだ。

「父《とう》さんがね、ぜんぶのパートをいっせいにうたうときれいだって。だけど、夜《よる》、バスケのコートで父《とう》さんがひとりでうたっても、じゅうぶんきれいだっていっていた。父《とう》さんの頭《あたま》の中《なか》では、ぜんぶのパートが聞《き》こえていたんだね」

立《た》ち止《ど》まって、わたしは思《おも》い出《だ》す。

フィンとエマもおなじように立《た》ち止《ど》まった。ジェニーがわたしを見《み》上《あ》げる。

「どうしたの?」

ルークが聞《き》いた。

「ある晩《ばん》、部屋《へや》にいたときね、寝《ね》る前《まえ》に窓《まど》を開《あ》けたの。父《とう》さんが小《ちい》さな声《こえ》でうたっていた。暗《くら》い中《なか》ひとりで。父《とう》さんの声《こえ》はきれいだった」

わたしはいった。

「うん、ドリブルしながらだとか、シュートを決《き》めるとき、それにはずしたときもね。ぼくの部屋《へや》からも聞《き》こえたよ」

ルークがいった。

わたしたちは芝生《しばふ》をぬけて、公園《こうえん》に行《い》く道《みち》をわたった。しばらく行《い》ってベンチに腰《こし》をおろそうとしたら、エマがふいにからだをふんばって、公園《こうえん》の向《む》こうをじっと見《み》つめた。

「もう少《すこ》し歩《ある》こうよ」

フィンが笑顔《えがお》でわたしにいった。

フィンの笑顔《えがお》の意味《いみ》がわかった。

「フィンに計画《けいかく》があるのよ」

わたしはルークに思《おも》い出《だ》させた。

ルークはうなずいた。ジェニーがこちらを見《み》た。

「もうちょっと歩《ある》こうね、ジェニー」

わたしはいった。

しゃがんでジェニーを抱《だ》きしめた。ジェニーが顔《かお》をなめてくれる。

すると、ふいにエマがしっぽをふりながら早足《はやあし》で歩《ある》きだした。フィンはついていくのがやっとだったので、ルークもいそいで追《お》いかけてフィンにならんだ。

んだ。

ルークはフィンを助《たす》けようと手《て》をそえた。ジェニーとわたしもいそいだ。ジェニーは早歩《はやある》きをよろこんでいるみたいだった。

そして公園《こうえん》の向《む》こう側《がわ》に着《つ》いた。フィンがエマをはなさないよう、ルークも一緒《いっしょ》にリードを持《も》った。こんなに遠《とお》くまで来《き》たのははじめてだ。

道《みち》の向《む》こうに、石《いし》とレンガでできた背《せ》の高《たか》い建物《たてもの》があった。フィンがわたしをチラッと見《み》る。

「チャンス音楽学校《おんがくがっこう》だ」

フィンがいう。

「チャンス……」

わたしはくりかえし、ふいにマーサさんがフィンに話《はな》したことばを思《おも》い出《だ》した。

「エマの飼《か》い主《ぬし》の名前《なまえ》だよ」

フィンがうなずきながらいう。

エマがリードをグイグイとひっぱり、わたしたちは道《みち》をわたった。エマはしっぽをふると、背《せ》の高《たか》い建物《たてもの》の階段《かいだん》をのぼりはじめた。

「いったいどうするの？」

わたしは聞《き》いた。

エマとフィンとルークを追《お》いかけて、ジェニーもうれしそうに階段《かいだん》をかけ上《あ》がっていく。

エマが玄関《げんかん》のドアにピョンピョンピョン飛《と》びついた。

フィンがドアを開《あ》け、みんなで中《なか》に入《はい》った。

そこは広《ひろ》いホールになっていて、たくさんのドアが並《なら》んでいて、上《うえ》に行《い》く階段《かいだん》もあった。

どのドアからも音楽《おんがく》が聞《き》こえる。あるドアからはバイオリンとチェロの音《ね》色《いろ》がし、大《おお》きな両開《りょうびら》きのドアの向《む》こうからはオーケストラ、また別《べつ》のドアからは聖歌隊《せいかたい》の歌声《うたごえ》が聞《き》こえる。

音楽《おんがく》の家《いえ》だ。

フィンがカウンターのほうに行《い》った。女《おんな》の人《ひと》がコンピュータで作業《さぎょう》している。顔《かお》を上《あ》げてフィンを見《み》た。

「こんにちは。どんなご用《よう》ですか？」

エマがジャンプして、カウンターの向《む》こうをのぞいた。しっぽをふって。

女《おんな》の人《ひと》はパッと立《た》ち上《あ》がり、よろけるようにカウンターの前《まえ》に来《き》た。

「エマ！　まあ、エマ！」

女《おんな》の人《ひと》が大《おお》きな声《こえ》でいった。

女《おんな》の人《ひと》はカウンターから広《ひろ》いホールに出《で》てきて、床《ゆか》にしゃがむとエマを抱《だ》きしめた。エマは女《おんな》の人《ひと》の顔《かお》をペロペロなめ、子犬《こいぬ》みたいにじゃれついてひざをよじのぼった。

「まあ、エマったら!」

女《おんな》の人《ひと》はまた大声《おおごえ》をあげた。それから、もっと大《おお》きな声《こえ》でよんだ。

「リチャード! リチャード!!」

ドアが開《あ》き、背《せ》の高《たか》い男《おとこ》の人《ひと》が出《で》てきた。部屋《へや》の中《なか》では弦楽四重奏《げんがくしじゅうそう》の演奏《えんそう》がつづいている。

「どうしたんだい、エステル?」

リチャードさんがエマを見《み》た。リチャードさんも大声《おおごえ》をあげてエステルさんのとなりにしゃがみこんだ。エステルさんのひざからリチャードさんのひざへ、エマがうつった。リチャードさんが、わたしたちを見《み》た。

「エマは、デビッドの親戚《しんせき》と一緒《いっしょ》にいるとばかり思《おも》っていた。会《あ》えなくなって、さみしかったよ！　で、きみたちはだれかな？」

大《おお》きなドアが開《あ》き、聖歌隊《せいかたい》のメンバーがわあーっとホールいっぱいに出《で》てきた。

「カーリー！　見《み》にきて！」

エステルさんがさけんだ。まだ床《ゆか》にすわったままのエステルさんの顔《かお》を今《いま》はジェニーもなめている。

エマをみたカーリーさんは、だれよりも一番《いちばん》うれしそうだった。なにかいわなくちゃ。だけど、フィンが話《はな》しはじめた。

「エマはね、公園《こうえん》の向《む》こうにあるドッグシェルターで保護《ほご》されていたんです。すごく悲《かな》しそうだった。ずっと後《うし》ろを向《む》いて壁《かべ》ばっかり見《み》ていた。ボランティアに行《い》って、ぼくが本《ほん》を読《よ》んだりうたったりしてあげたんだ。音楽《おんがく》がいちばん好《す》きなんだよ。それで『ドナ・ノービス・パーチェム』をうたってあげたら、エマはそばに来《き》てくれた」

「エマがここに最後《さいご》にいたとき、わたしたちが練習《れんしゅう》していた合唱曲《がっしょうきょく》よ！」

カーリーさんがいった。

「ぼくの父《とう》さんも大好《だいす》きな歌《うた》だったんだよ」

フィンが静《しず》かにいった。

「その歌《うた》が、エマをここへ連《つ》れてきたのかもしれないね」

涙《なみだ》があふれてきた。

フィンが息《いき》を吸《す》いこんだ。

「エマのこと、みんなどこへ行《い》っちゃったんだって、ずっとかんがえていたんだ。やっと、見《み》つけたね」

フィンはワッと泣《な》きだした。エステルさんが立《た》ちあがり、フィンを両手《りょうて》で抱《だ》きしめた。

「あなたはヒーローよ」

エステルさんがそういうと、フィンは声《こえ》をあげてもっと泣《な》いた。

「わたしたちがエマを引《ひ》き取《と》るわ。みんなで。リチャードは、デビッドが暮《く》らしていたここの家《いえ》に住《す》んでいるのよ！　あなたがエマを、わたしたちのところへまた連《つ》れてきてくれた！」

エステルさんはフィンをもう一度《いちど》ぎゅっと抱《だ》きしめた。エステルさんも泣《な》いていた。

そしてエマは、ふたりに体《からだ》をよせていた。

夢《ゆめ》の中《なか》にいるみたいだったけど、ルークとわたしはなにをすべきかわかった。カウンターの向《む》こうに行《い》って、マーサさんに電話《でんわ》した。ジェニーがついてきた。だれもわたしたちに気《き》がつかなかった。音楽教室《おんがくきょうしつ》の子《こ》どもたちが出《で》てきて、エマにかけよる。

「エマ、エマだ！」

ルークが机《つくえ》の上《うえ》の電話《でんわ》をかけた。

「マーサさん？　ルークです。いいえ、ちがいます、悪《わる》いことが起《お》きたんじゃありません」

ルークは首《くび》をふった。ルークは話《はな》せなかった。わたしに受話器《じゅわき》をわたした。

「マーサさんですか？　フィオナです」

「なにがあったの?!」

「フィンが、エマのほんとうの家《いえ》を見《み》つけたんです」

返事《へんじ》がない。

「マーサさん？」

「ええ、フィンは、いったいどうやったの？」

マーサさんの声《こえ》が変《か》わった。マーサさんは泣《な》いている。みんな、泣《な》いている の？

「マーサさん？　エマは公園《こうえん》の向《む》こうにある音楽学校《おんがくがっこう》で暮《く》らすことになります。チャンス音楽学校《おんがくがっこう》です」

マーサさんがフィンに話《はな》したことを思《おも》い出《だ》してくれるのを待《ま》った。そして マーサさんは思《おも》い出《だ》した。

「チャンス……」

マーサさんがやさしい声《こえ》でいった。

「みんなエマに会《あ》えて大喜《おおよろこ》びでした。あの子《こ》にいてほしがっているんです。ですから、マーサさん？」

「なあに？」

わたしは深《ふか》く息《いき》をすった。

「わたしたち、エマをドッグシェルターには連《つ》れて帰《かえ》りません」

エマをほんとうの家《いえ》に残《のこ》して、わたしたちは後《うし》ろの大《おお》きなドアを閉《し》めた。フィンとルークとわたしはジェニーを連《つ》れて階段《かいだん》をおり、道《みち》をわたって公園《こうえん》へ向《む》かった。

ジェニーが「どうして、みんなだまっているの？」というような顔《かお》でわたしたちを見《み》る。

わたしはにっこりして、ジェニーの耳元《みみもと》にささやいた。

「ジェニーはいい子《こ》だね。すごい冒険《ぼうけん》をしたね」

わたしのささやきに、ジェニーはちょっと得意《とくい》げに歩《ある》いた。みんなでしばらく歩《ある》いた。

「フィンの計画《けいかく》はたいしたもんだね」

ルークのことばに、フィンはにっこりした。

「長《なが》い間《あいだ》、いっしょうけんめいかんがえたんだ。父《とう》さんがこんなことをいったことがある。『たいへんなことは、やりがいがある』って」

だれもなにもいわなかった。みんな黙《だま》ったまま公園《こうえん》をぬけ、今日《きょう》まで歩《ある》いたことのなかった道《みち》をもどっていった。

エマが、わたしたちを導《みちび》いてくれたのだ。

第《だい》10章《しょう》　ジェニー

わたしたちはシェルターへの道《みち》を歩《ある》いていく。

「ちょっとさみしい？　エマがいっしょに帰《かえ》らなくて？」

フィンにたずねた。

「ううん。音楽学校《おんがくがっこう》がエマのほんとうの家《いえ》。あそこがエマの居場所《いばしょ》だよ。リチャードはエマの大好《だいす》きなご飯《はん》を買《か》いにいったしね」

フィンは肩《かた》をすくめた。

「エマには好《す》きなときに会《あ》えるって。みんなそういったよ」

「わたしはちょっと悲《かな》しいかな」

「それじゃあ、ジェニーとおしゃべりすればいい」

フィンのことばにわたしはにっこりする。フィンはかしこい。マーサさんみたいにかしこい。

ドッグシェルターに着《つ》いたとき、女《おんな》の人《ひと》がルルにリードをつけて出《で》てきた。ルルは自分《じぶん》の家《いえ》に帰《かえ》るところだった。

ルルがリードを引《ひ》っ張《ぱ》った。ルークは知《し》らん顔《かお》できなかった。

「ルル、おすわり」

ルークがぴしりといった。ルルはルークを見上《みあ》げ、すわった。

「まあ、ルル。いったいどうしちゃったの？」

女《おんな》の人《ひと》はいった。

「ここであずかっている間《あいだ》、わたしたちがルルの散歩《さんぽ》をしていたんです。あなたのいうことも聞《き》くと思《おも》いますよ」

わたしはいって、わらいながら玄関《げんかん》に向《む》かう階段《かいだん》をあがった。

「どうかな」

ルークがやんわりいう。

「あの人《ひと》はルルをコントロールできないよ。アルファじゃないもの。あの人《ひと》がリーダーかどうかはルルがきめるんだ」

ドアを開《あ》けると、母《かあ》さんがいた！　カウンターの前《まえ》でマーサさんと立《た》ち話《ばなし》をしている。

「お母《かあ》さんに電話《でんわ》をして、あなたたちがエマにほんとうにすばらしいことをしてくれたって話《はな》したの。そうしたらシェルターに来《き》たいって」

「『ドナ・ノービス・パーチェム』をうたったの?」

母《かあ》さんが聞《き》いた。

「うん。そしたら音楽学校《おんがくがっこう》のカーリーさんが、エマのいたときに教《おし》えていた合唱曲《がっしょうきょく》だって」

フィンはいった。

マーサさんの目《め》がはれて赤《あか》くなっていた。マーサさんはカウンターの後《うし》ろから出《で》てきて、フィンを抱《だ》きしめた。

「ぼく、これからもシェルターに来《く》るよ。マルコに本《ほん》を読《よ》んでやろうかな。あの子《こ》もはずかしがり屋《や》なんだ」

フィンはいった。

マーサさんがにっこりした。

「いつだって、たくさんの犬《いぬ》がいるわ」

マーサさんはいった。

わたしはジェニーのリードをはずし、壁《かべ》に引《ひ》っかけた。

するとジェニーが驚《おどろ》くようなことをした。母《かあ》さんのところまでまっすぐ歩《ある》いていって、おすわりしたのだ。母《かあ》さんをじっと見上《みあ》げて。

「この子《こ》はジェニー。毎日《まいにち》わたしが散歩《さんぽ》させているの」

「お返《かえ》しに、ジェニーがフィオナを元気《げんき》づけてくれます」

ルークがいった。

母《かあ》さんがベンチに腰《こし》をおろすと、ジェニーは母《かあ》さんのところにいってひざの上《うえ》に頭《あたま》をのせた。

「ジェニーはだれにでもなつくわけじゃないけど、自分《じぶん》を必要《ひつよう》とする人《ひと》のことは好《す》きなの。マーサさんもわたしもわかっているの」

「そうみたいね」

母《かあ》さんがいった。

マーサさんがジェニーのリードを壁《かべ》からはずして、わたしのところに持《も》ってきた。

「はい、どうぞ」

マーサさんからリードがわたされた。

「えっ？」

マーサさんがにっこりした。

「ジェニーは自分《じぶん》で愛《あい》する人《ひと》を選《えら》ぶって、いったでしょう。ジェニーはまずフィンを選《えら》んで、それからあなたを選《えら》んだ。そして、こんどはふたりのお母《かあ》さんを選《えら》んだのよ」

マーサさんが静《しず》かにいった。

こうしてわたしたちは、ジェニーを家《いえ》に連《つ》れて帰《かえ》ることになった。

母《かあ》さんの車《くるま》に全員《ぜんいん》で乗《の》りこんだ。ジェニーは後部座席《こうぶざせき》のフィンとルークの間《あいだ》にすわった。ジェニーがフィンの顔《かお》をなめる。ジェニーが最初《さいしょ》に好《す》きになったのはフィンだ。ルークのひざの上《うえ》にすわって、窓《まど》から顔《かお》を出《だ》そうとしたがうまくいかなかった。

もし犬《いぬ》に笑顔《えがお》があるなら、いまジェニーはわらっている。

車《くるま》が家《いえ》の前《まえ》の道《みち》に入《はい》ると、ジェニーは玄関《げんかん》をめざし、家《いえ》に入《はい》った。それから母《かあ》さんのお気《き》に入《い》りの白《しろ》いカウチを選《えら》んだ。

「ジェニーにゆずるわ」

母《かあ》さんがいった。

ルークはわらった。

「父《とう》さんがよくいっていた『ほんしつ』ってやつだね」

フィンがうれしそうにいった。

「えっ？　どうしてそのこと知《し》っているの？」

わたしは聞《き》いた。

父《とう》さんがとろとろオムレツを最後《さいご》に作《つく》ってくれたときにいったことばだ。

父《とう》さんがあわてて出《で》ていく前《まえ》にわたしが聞《き》いたんだ。

「父《とう》さんは、ほんとうの姿《すがた》とか、あるべき姿《すがた》だよって教《おし》えてくれた。『かえでがおか農場《のうじょう》のいちねん』の季節《きせつ》みたいにね。冬《ふゆ》がはじまると、その次《つぎ》には春《はる》がやって来《き》て、夏《なつ》が来《き》て、秋《あき》が来《く》るとかさ。動物《どうぶつ》たちはみんな知《し》っているんだよ。それがほんしつなんだ。エマが大好《だいす》きな場所《ばしょ》に帰《かえ》っていったのもそう。エマのほんとうの家《いえ》だからだ」

フィンは少《すこ》し間《ま》をおいた。

「トーマスさんは、ジェシーさんがぼくたちに事故《じこ》の話《はなし》をしに来《き》たのもそうだって」

フィンはいった。

ジェニーがキッチンに入《はい》ってきたので、ルークがエサのお皿《さら》を床《ゆか》においた。

「それに、ジェニーがこの家《いえ》にやってきたのもね」

ルークがいった。

母《かあ》さんが声《こえ》をあげて泣《な》きだした。

夕暮《ゆうぐ》れだった。

外《そと》でキリギリスが鳴《な》きだした。

ジェニーはご飯《はん》を食《た》べ終《お》わると、家《いえ》じゅうあちこちかぎまわって探検《たんけん》した。

こうしてジェニーは二度目《にどめ》の散歩《さんぽ》をし、お隣《となり》のデュークさんとデイジーさんが会《あ》いにやって来《く》ると、大《おお》よろこびした。

「ねえ、わたしたちにもぴったりの犬《いぬ》がシェルターにいるかもしれないわ！」

デイジーさんが声《こえ》をはずませていった。

「今《いま》のところ、ジェニーはいないけどね」

ルークがいうとデュークさんはわらった。

母《かあ》さんは夕方《ゆうがた》の授業《じゅぎょう》に出《で》かけた。ピザをおいていってくれたので、わたしは夕食当番《ゆうしょくとうばん》をしないですんだ。

電話《でんわ》が鳴《な》った。ためらわず電話《でんわ》に出《で》た。

「もしもし？」

「こんばんは、フィオナ」

「こんばんは、トーマスさん。うちね、今日《きょう》犬《いぬ》を引《ひ》き取《と》ったの、ジェニーという名前《なまえ》」

「それじゃあ、自分《じぶん》たちがどんなにいい人間《にんげん》か、毎日《まいにち》わかるね」

トーマスさんがいった。

「それからフィンが、迷子《まいご》だったエマにほんとうの家《いえ》を見《み》つけたわ。わたし、ちゃんとすわって書《か》きとめないといけないかも。みんな忘《わす》れないように」

わたしはいった。

「日記《にっき》みたいにね」

「オブライエン先生《せんせい》はこんなこともいっていたな。『日記《にっき》がいいのは日付《ひづけ》があることだ』って。こういうことだよ。月日《つきひ》が過《す》ぎていけば、ぼくたちは進歩《しんぽ》し成長《せいちょう》もする。日記《にっき》を読《よ》んでかんがえるんだよ」

わたしはだまっていた。

「フィオナ？」

「はい？」

「もしぼくが、先生《せんせい》のことを本《ほん》に書《か》いたら、きっと題名《だいめい》は『一時間《いちじかん》ずつの成長《せいちょう》』かな」

こんどはわらった。父《とう》さんが患者《かんじゃ》さんを毎週一時間《まいしゅういちじかん》ずつ診察《しんさつ》していたのを知《し》っている。

「それか、『父《とう》さんのことば』とか」

わたしはふといった。

トーマスさんはしばらくだまっていた。

「ああ、そうだね」

トーマスさんはやさしくいった。

「ねっ、そうでしょ」

わたしはあいづちをうった。

「また来週《らいしゅう》電話《でんわ》するよ」

トーマスさんがいった。

「さよなら、トーマスさん」

「さよなら、フィオナ」

その夜《よる》、ルークが帰《かえ》ってしまい、寝《ね》る時間《じかん》になり、ジェニーはわたしと一緒《いっしょ》に寝《ね》た。

「ちがうよ、ジェニーはぼくと寝《ね》てたよ！」

朝《あさ》、フィンがいった。

「あら、わたしとも寝《ね》てたわ」

そういって母《かあ》さんが明《あか》るくわらった。

母《かあ》さんがわらった。

母《かあ》さんが前《まえ》みたいに大《おお》きな声《こえ》でわらっている！

ジェニーはわたしたちみんなと一緒《いっしょ》に寝《ね》てくれたんだ。

第《だい》11章《しょう》　エマを祝《いわ》って——音楽《おんがく》がエマを連《つ》れもどした

音楽学校《おんがくがっこう》のお祝《いわ》いの会《かい》にみんなで出《で》かけた。大勢《おおぜい》の人《ひと》たちが招《まね》かれて来《き》ていた。子《こ》どもたちにくわえて二頭《にとう》の犬《いぬ》もお客《きゃく》さんとして来《き》ていた。わたしたちにはだれなのかわからなかったが、みんながエマを知《し》っていた。エステルさんがわたしたちを抱《だ》きしめ、それからリチャードさんもカーリーさんも。

母《かあ》さん、ジェシーさんにノア、デュークさんにデイジーさん、マーサさんにシェルターのスタッフたちもいた。ペニーとジョーも一緒《いっしょ》だ。

母《かあ》さんがトーマスさんを手招《てまね》きすると、トーマスさんは隣《とな》りにすわった。

ルークとジェニーとわたしは、フィンと一緒《いっしょ》に一番前《いちばんまえ》にすわっている。

オーケストラが演奏《えんそう》をはじめた——チェロとバイオリン、ビオラにコントラバス、それに金管楽器《きんかんがっき》と木管楽器《もっかんがっき》の数々《かずかず》——さらに子《こ》どもたちの演奏者《えんそうしゃ》が正面《しょうめん》にいる。

エマが前《まえ》にいる。小《ちい》さな青《あお》いぬいぐるみをそばにおいて。合唱《がっしょう》が始《はじ》まったとき、エマはフィンを見《み》て、ぬいぐるみをフィンに持《も》ってきた。

カーリーさんは、はじめは合唱隊《がっしょうたい》の指揮《しき》をしていたけれど、くるりと向《む》きをかえると、すばらしいコーラスにあわせてわたしたちもうたうようにと合図《あいず》した。

わたしたちはうたった。
わたしたちみんなが知《し》っているその歌《うた》――父《とう》さんのお気《き》にいりの歌《うた》を。

♪　ドナ・ノービス・パーチェム　パーチェム
　ドナ・ノービス・パーチェム　♪

音楽《おんがく》が、くるくると回《まわ》りながらわたしたちをつつみこむ。
回転草《かいてんぐさ》のようにころころと……。
回転草《かいてんぐさ》のように。父《とう》さんのことばのようにつぎつぎと……。
父《とう》さんもきっとよろこんでいるだろう。

【注《ちゅう》】

※（9ページ）パッシブ・アグレッシブ（Passive aggressive）
問題解決《もんだいかいけつ》に取《と》り組《く》まなかったり、かたくなになったり、わざと能率《のうりつ》を悪《わる》くするなどで相手《あいて》を攻撃《こうげき》しようとする心理《しんり》

※（49ページ）『かえでがおか農場《のうじょう》のいちねん』
アリス&マーティン・プロベンセン作《さく》　きしだ えりこ訳《やく》　ほるぷ出版《しゅっぱん》

※（52ページ）『おやすみなさい　おつきさま』の文章《ぶんしょう》
マーガレット・ワイズ・ブラウン作《さく》　クレメント・ハード絵《え》　瀬田貞二《せたていじ》訳《やく》　評論社《ひょうろんしゃ》

※（59ページ）『テディが宝石《ほうせき》を見《み》つけるまで』の文章《ぶんしょう》
パトリシア・マクラクラン作《さく》　こだま ともこ訳《やく》　あすなろ書房《しょぼう》

※（67ページ）『うさぎさん　てつだって　ほしいの』
シャーロット・ゾロトウ作《さく》　モーリス・センダック絵《え》　こだまともこ訳《やく》　冨山房《ふざんぼう》

※（84ページ）『かいじゅうたちのいるところ』
モーリス・センダック作《さく》　じんぐう てるお訳《やく》　冨山房《ふざんぼう》

※（104ページ）『おやすみ赤《あか》ちゃん』
子守歌《こもりうた》。かわいい子《こ》どものためならなんでも買《か》ってあげるという内容《ないよう》の子守歌《こもりうた》。原曲《げんきょく》は「ママ」が買《か》ってあげるだが、父《とう》さんが「パパ」と変《か》えてうたった。

※（107ページ）４Hクラブ（フォー　エイチ　クラブ）
Head（頭《あたま》）、Heart（心《こころ》）、Hand（手《て》）、Health（健康《けんこう》）の四《よっ》つの言葉《ことば》の頭文字《かしらもじ》で、四《よ》つ葉《ば》のクローバーをシンボルマークとする。５歳《さい》～２１歳《さい》の青少年《せいしょうねん》による、よりよい農村《のうそん》、農業《のうぎょう》を創《つく》るための活動組織《かつどうそしき》。会員数《かいいんすう》は全米《ぜんべい》で９００万人《まんにん》。

訳者《やくしゃ》あとがき

思《おも》い出《で》を集《あつ》める

朝《あさ》ごはんのオムレツを焼《や》く父《とう》さんとオムレツの焼《や》きかたをめぐる意味深《いみしん》な会話《かいわ》、弟《おとうと》フィンのオムレツ・フリスビーの話《はなし》、大学《だいがく》で学《まな》び直《なお》しをしている母《かあ》さんのようすをさりげなく語《かた》るフィオナの日常《にちじょう》は、わずか7ページ目《め》にして断《た》ち切《き》られてしまいます。

突然《とつぜん》の事故《じこ》で父《ちち》を失《うしな》ったフィオナ一家《いっか》と、飼《か》い主《ぬし》を亡《な》くして心《こころ》を閉《と》ざしたエマがドッグシェルターで出会《であ》い、悲《かな》しみのあまり失《うしな》った言葉《ことば》や眠《ねむ》り、笑顔《えがお》、そして希望《きぼう》を取《と》り戻《もど》すまでを丁寧《ていねい》に描《えが》いたのが本作《ほんさく》『父《とう》さんのことば』です。

愛《あい》するものを失《うしな》った悲《かな》しみが癒《い》えるには時間《じかん》が必要《ひつよう》です。でも時間《じかん》が経《た》てば悲《かな》しみの記憶《きおく》が薄《うす》れていくという意味《いみ》ではありません。

フィオナたちは、関《かか》わりのあった人《ひと》たちからいろんなエピソードを聞《き》くことで父《とう》さんの思《おも》い出《で》を集《あつ》めていきます。ちょっとした会話《かいわ》や日常《にちじょう》に父《とう》さんの温《あたた》かい想《おも》いや姿《すがた》は生《い》きていて、父《とう》さんは亡《な》くなってしまいましたが、フィオナたちはひとりぼっちではありませんでした。孤独《こどく》なエマを支《ささ》えることで、自分《じぶん》たちも支《ささ》えられているということや、父《とう》さんが残《のこ》してくれた「ともし火《び》」は、決《けっ》してきえることがないとわかったとき、フィオナたちの悲《かな》しみの色合《いろあ》いはかわります。

ところでマクラクランさんは、里親支援《さとおやしえん》の場《ば》で働《はたら》いたのち30代後半《だいこうはん》から執筆《しっぴつ》活動《かつどう》に入《はい》った方《かた》です。『のっぽのサラ』で1986年《ねん》ニューベリー賞《しょう》を受賞《じゅしょう》し、児《じ》童文学作家《どうぶんがくさっか》としての地位《ちい》を確《たし》かなものにします。新聞広告《しんぶんこうこく》の「花嫁募集《はなよめぼしゅう》」で海辺《うみべ》の町《まち》から草原《そうげん》にやってきたサラは、ご自身《じしん》の祖母《そぼ》がモデルのようです。母《はは》から聞《き》いた祖母《そぼ》の記憶《きおく》や、大草原《だいそうげん》や回転草《かいてんぐさ》の記憶《きおく》は温《あたた》かなファミリー・ヒストリーの一《ひと》コマとして繰《く》り返《かえ》しマクラクランさんの作品《さくひん》のなかに描《えが》かれていきます。

「きみやぼくがここにいるのは、思《おも》い出《で》を集《あつ》めるためだ」という父《とう》さんの言葉《ことば》がありました。マクラクランさんの作品《さくひん》はすべてが温《あたた》かくゆるやかにつながっていると感《かん》じるのはわたしだけでしょうか？　これからも、たくさんのマクラクラン作品《さくひん》を読《よ》んでいただければと思《おも》います。

2020年《ねん》7月《がつ》　　若林《わかばやし》　千鶴《ちづる》

●著者《ちょしゃ》ノート

『ドナ・ノービス・パーチェム』という題名がついた演奏がYouTubeにたくさんあります。

スウェーデンのオーケストラの演奏は

http://www.youtube.com/watch?v=OSdGW_HBrLE

ほかにも学校全体でうたっているすばらしい演奏もあります。

Waring School arrangement　は

http://www.youtube.com/watch?v=v5FZAk497D4

著者　**パトリシア・マクラクラン**
1938年アメリカ、ワイオミング州生まれ。大学卒業後、中学校教員やソーシャルワーカーとして里親支援の場で働く。３０代後半から執筆活動に。1986年『のっぽのサラ』（徳間書店）でニューベリー賞。家族の不在や喪失、希望と再生を簡素で温かな文章でつづり、世代を超えた読者に支持されている。『おじいちゃんの目、ぼくの目』（文研出版）『テディが宝石を見つけるまで』（あすなろ書房）『ぼくのなかのほんとう』（リーブル）ほか多数翻訳されている。マサチューセッツ州在住。

訳者　**若林 千鶴**（わかばやし　ちづる）
1954年大阪市生まれ。大阪教育大学大学院修了後、公立中学校で「楽しく読んで考える読書」を中心に国語科の指導と学校図書館を担当。著書に『学校図書館を子どもたちと楽しもう』（青弓社）『読書感想文を楽しもう』（全国ＳＬＡ）。児童書の翻訳は1989年から。『はばたけ、ルイ！』『よるなんて……』（リーブル）『アルカーディのゴール』（岩波書店）『ぼくと象のものがたり』（鈴木出版）『マンザナの風にのせて』『あたし、アンバー・ブラウン』シリーズ（文研出版）ほか多数。大阪在住。

画家　**石田享子**（いしだ　きょうこ）
大阪府堺市生まれ。大手前女子大学卒業。カナダ・プリンスエドワード島滞在を機に、ゆっくりと流れる時をテーマに制作を続けている。柔らかいタッチの温かみある作風で、主に子どもや風景を透明水彩絵の具とエンピツで描いている。作品には、これまでに『１０分で読めるお話』（学研プラス）の挿画、『小さなお話３６５』（ナツメ社）の挿画や、教材挿画、商品イラストなどがある。絵本ワークショップあとさき塾出身。大阪在住。

父さんのことば　176P　A5変判

作　者　パトリシア・マクラクラン
訳　者　若林千鶴　　画　家　石田享子
発　行　2020年8月1日初版発行
発行所　株式会社リーブル　〒176-0004 東京都練馬区小竹町2-33-24-104
Tel.03(3958)1206 Fax.03(3958)3062 http://www.ehon.ne.jp
印刷所　光村印刷株式会社

 ISBN978-4-947581-98-3